무당패왕 8

2023년 11월 10일 초판 1쇄 인쇄
2023년 11월 15일 초판 1쇄 발행

지은이 윤신현
발행인 강준규

기획 이기헌 왕소현 임동관 박경무 강민구 조익현
책임편집 이정규
마케팅지원 이원선

발행처 (주)로크미디어
출판등록 2003년 3월 24일
주소 서울시 마포구 마포대로 45 일진빌딩 6층
Tel (02)3273-5135 Fax (02)3273-5134
홈페이지 rokmedia.com E-mail rokmedia@empas.com

ⓒ 윤신현, 2023

값 9,000원

ISBN 979-11-408-1388-9 (8권)
ISBN 979-11-408-1050-5 04810 (세트)

윤신현 신무협 장편소설

8

武當覇王

무당패왕

ROK
MEDIA
로크미디어

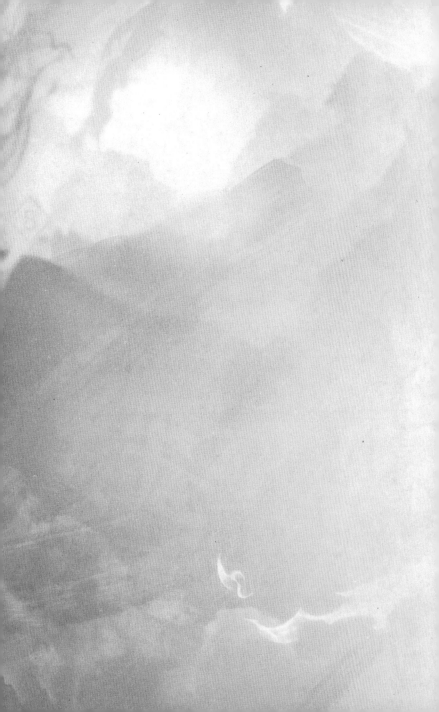

차례

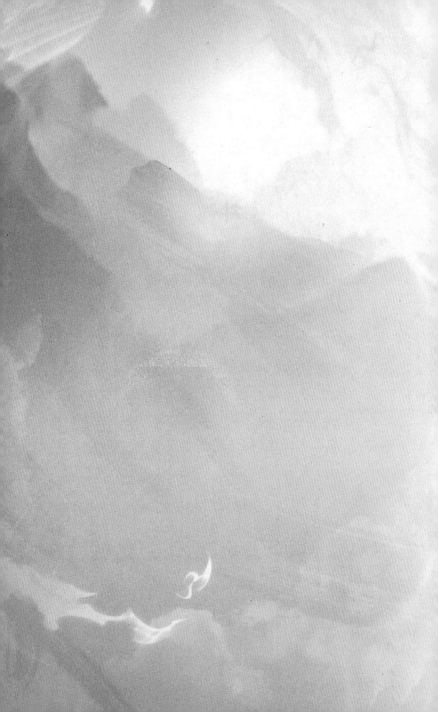

제61장 삼파전三巴戰? 사파전四巴戰?

누가 봐도 부담스러운 눈빛으로 쳐다보는 황주성의 모습에 이소향이 살짝 어깨를 움츠렸다.

황주성 본인이 편하게 대하라고 했지만 정말 그렇게 하는 건 쉽지 않았다.

또래라고는 하나 황주성과 이소향의 신분은 하늘과 땅 차이만큼 컸다.

물론 유하성의 제자가 되면서 그 격차가 상당히 줄어들었다고 하나 그럼에도 이소향으로서는 조심스러울 수밖에 없었다.

"어떻게 한 건지 나도 잘 모르는데……."

"그냥 내 옆에 있어 주면 될 거 같은데? 너한테는 모든 동물들이 잘 다가오잖아."

부담스러운 눈빛으로 황주성이 눈을 빛냈다.

기대가 잔뜩 담겨 있는 눈빛에 이소향이 울상을 지었다.

"아가씨한테 도와 달라고 하는 게 낫지 않아?"

"우리 누나? 우리 누나는 안 돼. 너도 봤잖아. 나처럼 완전 실패한 거."

황주성이 단호하게 고개를 저었다.

오동통하다 못해 동글동글했던 체형이 많이 갸름해지기는 했지만 여전히 황주성은 포동포동했다.

그 동그란 얼굴로 황주성은 고개를 크게 흔들었다.

"내가 있어도 크게 도움은 안 될 거 같은데……."

"해 봐서 나쁠 건 없잖아? 나 좀 도와줘!"

"으음!"

이소향이 부담스럽다는 표정으로 빠르게 주변을 살폈다.

그러나 언니, 오빠 들은 이미 진즉에 닭장에서 나간 상태였다.

심지어 각자 할 일을 찾아 뿔뿔이 흩어졌다.

"근데 다들 어디 갔지?"

"히잉."

진즉에 눈치를 채고 빠져나간 언니, 오빠 들의 모습에 이소향이 우는소리를 냈다.

설마하니 이렇게 내뺄 줄은 몰라서였다.

武當霸王
무당
패왕

그런데 정작 황주성은 아무것도 모르는 표정으로 고개를 갸웃거렸다.

어려서부터 떠받듦을 받고 자라서 그런지 나이에 비해 눈치가 정말 없었다.

"이상하네. 방금 전까지 다 같이 있었는데."

순식간에 사라진 친구, 동생 들의 모습에 황주성이 두 눈을 껌뻑거렸다.

하지만 눈치는 없어도 성격은 착했기에 황주성은 이내 그러려니 했다.

가장 중요한 건 눈앞에 있는 이소향이기도 했고.

"아이들이 할 일이 얼마나 많은데. 주성이 너도 알고 있잖아."

"누나!"

"그나저나 병아리들은 진짜 빨리 크네. 쟤네들은 완전 싸움닭이 됐고."

이른 시간임에도 말끔한 궁장 차림으로 나타난 황주연이 신기한 눈으로 닭장 안을 살펴봤다.

불과 얼마 전까지만 해도 샛노란 털을 가진 병아리였는데 지금은 노란색 털이 거의 사라진, 성체에 거의 근접한 모습에 황주연은 놀라움을 금치 못했다.

"아, 안녕하세요."

"소향이도 안녕. 여전히 부지런하네."

"제가 할 일이니까요."

"이제는 안 해도 되지 않아?"

황주연이 은근한 어조로 말했다.

사실 유하성의 제자가 된 순간부터 이소향의 신분은 수직 상승했다.

옷차림은 크게 달라지지 않았으나 이소향을 바라보는 사람들의 시선은 완전히 달라졌다.

수많은 아이들 중 하나가 아니라 무당패왕의 제자가 되었기 때문이었다.

"같이 시작했으니까 다 같이 끝내고 싶어요. 함께 일하는 게 즐겁기도 하고요."

"나도! 나도 완전 재미있어! 애들한테 모이를 뿌리면 전부 다 달려와!"

나이는 이소향이 동생인데 대화나 행동을 보면 황주성보다 누나처럼 보였다.

그 정도로 이소향은 조숙했다.

물론 그럴 수밖에 없다는 걸 알고는 있지만 내심 씁쓸한 것도 사실이었다.

냉정하게 말해 황주성을 오냐오냐 키우기도 했고.

'근데 그건 나도 마찬가지니까.'

자신의 어릴 적 모습도 황주성과 별반 다르지 않았기에 황주연은 솔직히 민망했다.

武當霸王
무당
패왕

그나마 다행스러운 점은 자신의 어릴 때 모습을 말할 사람
이 없다는 것이었다.

"옷이 또 더러워졌네."

"빨면 되지!"

"그렇긴 한데, 이 모습을 장주님께서 보면 뭐라고 하실
지."

황주연이 한숨을 푹 내쉬었다.

아기 귀공자와 같았던 모습은 어느 순간 사라졌다.

아이들의 일과를 같이하기 시작한 순간부터 말이다.

물론 포동포동하게 오른 살 때문에 아기 귀공자라기보다
는 귀한 집 아이처럼 보였으나 중요한 건 그게 아니었다.

어느 순간부터 황주성이 자유분방하게 뛰어논다는 점이었
다.

금와장에 있을 당시에는 상상하기 힘들 정도로 말이다.

"난 좋은데. 집보다 훨씬 좋아! 재미있어!"

"그래 보여."

신나서 대답하는 남동생의 모습에 황주연이 피식 웃었다.

굳이 말을 하지 않아도 충분히 알 수 있어서였다.

동시에 한편으로는 황주성이 이러는 것도 이해가 갔다.

궁궐 같은 집에 호화롭기 짝이 없는 생활이지만 솔직히 금
와장의 생활이 황주성에게는 답답했을 터였다.

'나도 그랬으니까.'

남들은 배부른 소리라고 할지 몰랐으나 금와장주의 자식으로서 나름의 고충이 있었다.

어쩌면 그래서 다들 삐뚤어지는 것일지도 몰랐고.

그런데 이곳의 환경은 금와장과 완전히 달랐다.

황주성의 신분은 특별하긴 하지만 딱 거기까지였다.

"여기에는 친구들도 있고, 형, 동생 들도 있으니까."

"누나는 필요 없다 이거지?"

"에헤헤! 그럴 리가."

어느새 닭장에서 나와 찰싹 달라붙는 남동생의 모습에 황주연이 피식 웃었다.

원래도 애교가 많았지만 무당산에 와서 더 많아진 느낌이었다.

게다가 성격도 훨씬 밝아졌다.

금와장에서는 매사 지루하고 심심한 기색이었는데 여기서는 달랐다.

'볼거리는 장원이 있는 곳이 더 많은데 말이지.'

살짝 이해가 안 되는 부분이었으나 황주연은 그러려니 했다.

어쩌면 사람들과 어울리는 게 더 자극이 되기도 할 테니까.

거기다 무당산은 수련하기에 더할 나위 없이 좋았다.

엄청 열심히 하는 아이들을 따라 황주성도 꾸준히 수련하

武當霸王
무당
폐왕

고 있었고.

'그나저나 대체 저 아이에게서 무얼 보신 것일까?'

황주성의 수다에 간간이 맞장구를 쳐 주며 황주연은 얌전히 서 있는 이소향을 힐끔 쳐다봤다.

처음 봤을 때는 가장 어린 나이라는 말에 측은지심이 생겨서 한동안 지켜봤었다.

다섯 살이라는 나이는 정말 어린 나이였으니까.

하지만 딱 거기까지였다.

불쌍하기는 했지만 그렇다고 더 신경 써 주지는 않았다.

한데 어느 날 이소향은 유하성의 제자가 되어 있었다.

'내가 보기에는 여느 평범한 아이들과 다를 게 없는데.'

고수가 아니기에 황주연은 근골을 볼 줄은 몰랐다.

그러나 재능 넘치는 아이들과 후기지수들을 제법 봤기에 보면 느껴지는 게 있었다.

특유의 천재성이라든가 남다른 눈빛이나 분위기라는 게 있었다.

하지만 이소향에게는 그런 게 전혀 없었다.

"누나? 내 말 듣고 있어?"

"응."

"근데 왜 그렇게 소향이를 쳐다봐? 소향이에게 할 말 있어?"

자신의 팔을 붙잡고서 크게 흔들며 묻는 남동생의 말에 황주연은 퍼뜩 정신을 차렸다.

그러고는 빠르게 이소향의 표정을 살폈다.

한데 이소향은 자신이 빤히 쳐다보고 있다는 사실을 알았을 텐데도 별다른 말을 하지 않고 기다렸다.

먼저 묻기보다는 차분히 기다리는 쪽을 선택했던 것이다.

"미안. 내가 너무 빤히 쳐다봤지?"

"괜찮아요. 그보다 이만 가 봐도 될까요? 텃밭에 가서 일을 거들어야 해서요."

"물론이지."

"나도! 나도 갈래! 나도 물 줄 거야!"

이소향의 말이 끝나기 무섭게 황주성이 소리쳤다.

괜히 살이 빠진 게 아니라는 듯이 유난을 떨었던 것이다.

"우리 주성이 잘 부탁해, 소향아."

"어, 네."

나이 많은 오빠를 부탁한다는 황주연의 말에 이소향이 어색하게 웃었다.

그러나 일단은 알았다는 듯이 고개를 끄덕였다.

눈치로 보아하니 다른 뜻이 있는 것 같지는 않아서였다.

그리고 황주성도 딱히 기분 나쁜 기색이 아니었다.

"자, 가자!"

"으응."

자연스럽게 자신의 손을 잡고서 이끄는 황주성과 함께 이소향은 몸을 틀었다.

그러면서도 황주연을 향해 인사하는 것도 잊지 않았다.

"잘 어울리는 것 같습니다."

"저 둘이요?"

"예."

호위대주가 흐뭇한 표정으로 입을 열었다.

평소에는 늘 딱딱하게 경직된 얼굴이었는데 유독 아이들을 지켜볼 때면 미소를 지었다.

"우리 입장에서만 그렇게 보일걸요?"

"흠흠!"

지극히 냉정한 판단에 호위대주가 헛기침을 했다.

차마 부정할 수가 없어서였다.

마냥 아이 같은 황주성과 달리 이소향은 여섯 살밖에 되지 않았음에도 정신적으로 상당히 성숙했다.

방금 전까지만 해도 아무 생각 없이 텃밭으로 가는 황주성과 달리 끌려가면서도 인사하는 걸 잊지 않았다.

"소향이 입장도 생각해야죠."

"그, 그렇긴 하죠."

"근데 잘 어울렸으면 좋겠어요. 다른 분도 아니고 유 공자님의 제자이니까요."

천하십대고수의 아성은 무너졌다.

대신 새로운 고수들이 떠오르고 있었고, 그중 가장 앞에 있는 무인이 유하성이었다.

그런 만큼 이소향의 신분 역시 나날이 달라지는 중이었다.

정작 본인은 느끼지 못하고 있지만 말이다.

"저희가 노력하겠습니다."

"너무 강압적으로 하진 마세요. 자연스러운 게 가장 좋으니까요."

"명심하겠습니다."

호위대주라고 하나 강호 전체에서 보면 그의 실력은 절대 최상위라고 할 수 없었다.

유하성과 같은 무인과는 감히 비교도 할 수 없는 게 그였다.

때문에 강압적인 방법은 눈곱만큼도 생각하지 않았다.

오히려 이소향과 어떻게든 친해지고 싶은 게 솔직한 심정이었다.

'적극적이라⋯⋯.'

한편 멀어지는 황주성과 이소향을 바라보며 황주연은 속으로 중얼거렸다.

특히 그녀는 맞잡고 있는 두 아이의 손을 유심히 쳐다봤다.

둘 다 가만히 있어서는 절대 거리가 좁혀지지 않았다.

그렇다면 누군가는 다가가야 했다.

'기다리기만 하면 달라지는 건 없어.'

황주연의 두 눈에서 작은 빛이 일렁거렸다.

기다리는 건 이제 충분히 한 것 같았다.

그렇기에 이제는 움직여야 할 때라는 생각이 들었다.

'불여시에게 빼앗길 수는 없지.'

황주연의 눈동자에 결심이 서렸다.

고민은 이미 충분히 했다.

이제는 움직여야 할 때였다.

푸히히힝!

오랜만의 산책에 흑풍이 신나서 포효했다.

산천이 떠나가라 할 정도로 크게 울부짖었던 것이다.

그게 얼마나 우렁찼는지 나뭇가지 위에 있던 새들이 일제히 날아올랐다.

"까아!"

그리고 그 옆에서는 이소향이 앙증맞은 다리를 쉴 새 없이 놀리며 따라가고 있었다.

흑풍이 전력질주를 하면 이소향이 쫓아가는 건 당연히 불가능했다.

그렇기에 흑풍은 적당히 속도를 맞춰 주었다.

"꽤 깊숙이 들어가네요?"

"응. 길이 없으니까 조심해야 해."

"어디로 가는 거예요?"

신나서 질주하는 흑풍과 이소향의 뒤를 유하성과 백현승이 따라가고 있었다.

몇 번 같이 갔었기에 흑풍도 목적지를 알아서 유하성은 따로 지시를 하지는 않았다.

"너에게 좋은 곳?"

"호, 혹시?!"

의미심장한 유하성의 말에 백현승의 두 눈이 초롱초롱하게 빛났다.

우거진 수림, 무당산 깊은 곳이라는 문장이 합쳐지자 한 가지 결론이 나와서였다.

그러나 유하성은 잔뜩 기대하게 만들어 놓고 고개를 저었다.

"영초가 있었으면 소향이만 데려갔겠지?"

"칫! 너무 차별하는 거 아니에요?"

"그게 당연한 거 아냐? 소향이는 내 제자인데."

"나도 남이 아닌데……."

"그래도 소향이만큼은 아니지."

백현승이 짐짓 서운한 표정을 지었다.

이렇게 대놓고 차별적인 발언을 할 줄은 몰라서였다.

하지만 유하성은 당당했다.

武當霸王
무당
패왕

"네가 받고 있는 걸 생각해야지. 진무 태극검은 아무에게
나 전수하는 게 아냐."

"그럼 저도 제자 아닌가요?"

은근히 기대하는 기색으로 백현승이 물었다.

그러나 유하성은 이번에도 고개를 저었다.

"그건 아니고."

"쳇! 너무해요. 고민도 하지 않고."

"고민할 필요가 없는 문제이니까. 그보다 어때?"

"뭐가요?"

"느껴지는 게 없어?"

작은 공터에 먼저 도착한 흑풍과 이소향이 얌전히 서 있었
다.

두 사람이 도착할 때까지 기다려 주었던 것이다.

"어……."

유하성의 물음에 백현승이 눈을 껌뻑거렸다.

그러고는 재빠르게 주변을 훑어봤다.

한데 딱히 특이한 점은 보이지 않았다.

"예상하긴 했지만 역시나 감각도 평범한 편이네."

"으윽!"

백현승이 가슴을 부여잡았다.

말이 비수가 되어 심장에 꽂혔다는 듯이 말이다.

그 장난기 가득한 모습에 이소향이 재미있다는 듯이 살포

시 웃었다.

반면에 흑풍은 백현승이 뭘 하든 말든 관심 없다는 듯이 발밑에 있는 풀을 뜯었다.

"소향이는 시간이 걸리긴 했지만 알아차리던데."

"킁킁! 고, 공기가 맑다?"

"땡."

"바람이 안 분다?"

"땡."

지형을 살펴보며 백현승이 조심스럽게 말했다.

그러나 모두 다 틀렸다.

아니, 감조차 잡지 못하고 있었다.

"도대체 뭐예요?"

"백 번 설명하는 것보다 한 번 겪어 보는 게 낫지. 운기행공을 해 봐."

"넵!"

백현승이 고분고분 자리에 앉아 가부좌를 틀었다.

이렇게 말하는 데에는 분명히 이유가 있다고 생각해서였다.

그래서 백현승은 두 눈을 감고 내공심법을 운기하기 시작했다.

벌떡!

한데 운기행공에 들어간 지 반 각이 채 되기도 전에 백현승이 자리에서 벌떡 일어났다.

왜 이곳까지 찾아왔는지 그 이유를 느낄 수 있어서였다.

"조금 다르지?"

"이, 이런 곳이 있을 수 있는 건가요?"

"공청석유도 만들어지는데 이런 곳이 있는 게 이상하지는 않지. 밀도가 좀 높기는 하지만 그렇다고 엄청난 장소인 건 아니니까."

깜짝 놀라는 백현승과 달리 유하성은 담담했다.

분명히 차이는 체감이 되었다.

하지만 그렇다고 해서 엄청나게 차이가 나는 건 또 아니었다.

몸으로 체감은 되지만 실질적으로 축적되는 양은 그리 큰 차이가 없었다.

아무래도 내공축적은 익히고 있는 심법과 개인의 역량에 따라 편차가 컸기 때문이다.

백현승 역시 그걸 알지만 그럼에도 대단한 건 대단한 것이었다.

"여기를 어떻게 찾으셨어요?"

"왠지 있지 않을까 싶어서 한동안 무당산과 주변 곳곳을 돌아다녔지. 체력단련 겸."

"허어. 이걸 떠올리고, 실행에 옮기는 사람은 형님밖에 없으실 거예요."

"욕하는 거지?"

"그럴 리가요! 오히려 존경합니다! 그런데 저를 이곳에 데려오셨다는 건…….."

백현승의 눈동자가 반짝거렸다.

비지(秘地)라고 해도 과언이 아닌 장소가 이곳이었다.

한데 이런 곳에 자신을 데려왔다는 건 한 가지를 뜻했지만 백현승은 말을 아꼈다.

괜히 촐랑거려 초를 치고 싶지는 않아서였다.

"네가 생각하는 게 맞아. 주인은 없지만, 그렇다고 그냥 내버려 두기에는 너무 아까운 장소니까. 그래서 내가 오지 못할 때는 네가 소향이를 데리고 와 주었으면 해. 소향이가 아직 어리니까. 겸사겸사 너도 수련을 하고."

"가, 감사합니다!"

푸르륵! 푸히히힝!

직각으로 허리를 숙이는 백현승과 달리 흑풍은 거칠게 투레질을 했다.

자신이 있는데 군이 백현승에게 부탁할 필요가 있느냐고 따지는 듯한 투레질이었다.

"너도 같이 와 주면 좋고."

푸르르릉.

못 미더운 눈빛으로 백현승을 흘겨보던 흑풍이 유하성의 손길에 기분 좋은 표정을 지었다.

무당
폐왕
武當霸王

부드럽게 갈기를 쓸어 주는 손길은 오직 유하성만 가능했다.

"저기, 근데 몇 번은 더 와 봐야 할 것 같아요. 아무 생각 없이 따라오기만 해서 길을 못 외웠어요."

"왜 죄송스러워해. 당연한 건데. 길이 없는 곳이라 방향만 잡고 이동해야 해서 몇 번은 왔다 갔다 해야 감이 잡힐 거야. 흑풍이 길을 아니까 같이 다니면 더 빨리 외울 거야."

"진짜 대단한 녀석 같아요. 매일 연구동을 찾아올 때부터 느끼긴 했지만."

백현승이 감탄한 눈빛으로 흑풍을 쳐다봤다.

영리하다는 건 원래부터 알고 있었지만 이렇게 외진 곳까지 길을 알고 있다는 건 놀라웠다.

"왔으니 수련해야지?"

"옙!"

"네!"

이쯤 하면 설명은 충분히 되었다고 생각했기에 유하성은 상황을 정리했다.

그러고는 두 아이가 운기행공에 들어가는 걸 지켜봤다.

환경이 급격하게 달라지진 않았지만 지금까지와 다른 건 사실이었다.

그렇기에 유하성은 혹시 모를 사태에 대비해 둘을 주시했다.

푸르르.

한순간에 고요해진 공터에 흑풍이 몸을 돌렸다.

두 사람이 수련에 들어갔다는 걸 알기에 방해하지 않기 위해서였다.

유하성처럼 가만히 지켜봐도 되지만 흑풍은 다른 걸 선택했다.

다그닥. 다그닥.

둘에게 방해되지 않게 흑풍은 가급적 조용히 이동했다.

뛰지 않고 공터 주변을 천천히 돌았다.

킁킁.

그러다가 무언가를 발견했는지 멈춰 서서는 코를 벌렁거렸다.

짐승의 배설물로 보이는 것의 냄새를 맡았던 것이다.

푸흐흐흐.

한데 한동안 냄새를 맡던 흑풍이 입술을 벌렁거렸다.

마치 웃는 것처럼 새하얀 이를 드러냈던 것이다.

배설물의 양으로 보아 작은 덩치의 짐승이 아닐 것으로 짐작되었음에도 흑풍은 웃었다.

그러고는 어딘가로 느긋하게 걸어가기 시작했다.

크르르.

유하성과 아이들이 있는 공터에서 제법 떨어진 곳까지 털레털레 걸어온 흑풍이 멈춰 섰다.

무당
폐왕
武當霸王

앞쪽 수풀에서 맹수의 으르렁 소리가 들려와서였다.

옅은 살기가 담겨 있는 으르렁거림에 흑풍이 바라보자 얼기설기 뭉쳐져 있는 수풀을 가르고 십여 마리의 늑대가 모습을 드러냈다.

그리고 우두머리로 보이는 가장 큰 늑대가 가장 마지막에 걸어 나왔다.

푸르르르.

혼자뿐인 흑풍의 모습에 늑대들의 눈에 살기가 번들거렸다.

평소 보던 말들보다 훨씬 우람한 덩치를 가지고 있었으나 상대는 혼자뿐이었다.

일정 숫자가 넘어가면 인간들이 사냥하기에 무리의 규모가 그리 크지 않지만 우두머리는 충분히 승산이 있다고 여겼다.

더욱이 이곳은 말에게 유리한 평지가 아니라 수목이 가득한 산속이었다.

크르르르!

부하들도 같은 생각인지 빠르게 산개했다.

순식간에 흑풍을 포위했던 것이다.

그런데 그 모습에도 흑풍은 꼼짝도 하지 않았다.

오히려 오연하게 서서 늑대들을 내려다봤다.

크와왕!

거만함이 담긴 눈빛에 늑대 몇 마리가 흥분해서 달려들었다.

자신을 얕잡아 보고 무시하고 있음을 알아차려서였다.

그래서 늑대들은 날카로운 송곳니를 드러내며 일제히 흑풍에게 쇄도했다.

한데 흥분한 것 같아 보이는데도 늑대들은 확실하게 역할 분담을 하고 있었다.

파파팟!

겹치지 않게 적당한 간격을 벌리고서 서로 다른 부위를 공격했던 것이다.

특히 흑풍의 다리를 노렸다.

도망치지 못하게 기동력부터 봉쇄하려는 것이었다.

퍼억!

그러나 안타깝게도 흑풍은 평범한 말이 아니었다.

보통의 말이었다면 갑자기 나타난 늑대 무리에 바짝 긴장했겠지만 흑풍은 달랐다.

오히려 히죽 웃으며 정면의 늑대를 들이박았다.

다른 늑대들이 편하게 다리를 물 수 있도록 시선을 끄는 역할을 하던 녀석에게 달려가 그대로 밀어 버렸던 것이다.

케엥!

맹수답게 늑대의 덩치도 작은 편은 아니었다.

하지만 흑풍에 비할 바는 아니었다.

武當霸王
무당
패왕

단순히 체중만 하더라도 늑대보다 세 배 가까이 되었기에 충돌하는 순간 튕겨져서 바닥을 나뒹굴었다.

동시에 흑풍은 앞다리로 중심을 잡고 몸을 돌리며 연신 뒷다리를 쭉 뻗었다.

퍼퍼퍼펑!

육중한 체중이 가득 실린 뒷다리 차기에 다리를 노리고 달려들던 늑대들이 추풍낙엽처럼 쓰러졌다.

무지막지한 뒷다리 차기에 버텨 내는 늑대가 단 한 마리도 없었다.

빠르고 간결한 공격에 속수무책으로 당했다.

끼이잉……. 끼잉…….

단 일격에 척추가 부러졌는지 바닥에 널브러져서 기지도 못하는 채로 늑대들이 꿈틀거리는 모습에 우두머리의 동공이 격렬하게 흔들렸다.

보통이 아닐 거라고 짐작하기는 했지만 이 정도일 줄은 몰라서였다.

다른 늑대들도 잔뜩 겁먹은 표정으로 멍하니 흑풍을 쳐다보고 있었다.

푸르르르.

그 모습에 흑풍이 입술을 실룩거렸다.

살의는 늑대만 있는 게 아니었다.

흑풍 역시 나름의 사선을 건너온 말이었다.

야생마의 삶이라는 게 투쟁의 연속이기도 했고 말이다.

빠각!

약하면 잡아먹히는 세계.

야생은 철저하게 약육강식의 세계였다.

그리고 그 세계에서 흑풍은 한 지역을 다스리는 왕이었다.

복건성에서도 그랬고, 현재 무당산에서도 그랬다.

깨애앵! 깽!

바짝 얼어 있는 우두머리에게 박치기를 하자 꼴사납게도 개처럼 울었다.

무시무시한 고통에 신음을 흘렸던 것이다.

하지만 흑풍은 조금의 동정심도 없다는 듯이 우두머리를 짓밟아서 죽였다.

그리고 나머지 늑대들도 모조리 정리했다.

푸히히힝!

순식간에 곤죽이 되어 버린 늑대들의 사체 중심에서 흑풍이 포효했다.

승리의 기쁨을 만끽하는 것이었다.

그러더니 이내 매서운 눈으로 주변을 훑으며 킁킁거렸다.

혹시나 다른 맹수들이 있나 확인하는 것이었다.

앞으로 이소향과 자주 올 게 분명하기에 흑풍은 꼼꼼하게 주변을 확인했다.

유하성의 가족이면 자신의 가족이기도 했기에 흑풍은 연

武當霸王
무당
패왕

신 코를 벌렁거리며 주변을 돌아다녔다.

봄의 기운이 물씬 풍기는 무당산에 한 대의 마차가 올랐다.

하나같이 예리한 기운을 풍기는 호위무사들을 대동하고서 무당파의 산문으로 향했던 것이다.

"시간상으로는 얼마 안 된 거 같은데 해가 바뀌어서 그런가? 되게 오랜만에 오는 거 같네."

"그러게. 많은 일이 있어서 그런가."

창밖으로 무당산의 풍경을 보며 동생으로 보이는 여인이 고개를 주억거렸다.

그런 여동생의 반응에 입을 열었던 미공자가 슬그머니 눈치를 살폈다.

여동생도 동의를 했다고는 하나 여기까지 오는 길이 썩 기분 좋지만은 않았을 게 분명해서였다.

스스로의 운명을 알고 있다고 하나, 머리로 아는 것과 당면한 것의 차이는 컸다.

"왜 그렇게 내 눈치를 봐?"

"내가 언제 눈치를 봤다고 그래?"

"안 하던 짓을 하는데 당연히 티가 나지 않겠어?"

"무슨 말인지 모르겠네."

미공자가 시치미를 뗐다.

그러나 내심 뜨끔했다.

"오빠도 각오하고 있었잖아."

"……너무 훅 들어오는 거 아냐?"

"이유가 이거밖에 더 있어? 오빠도 아빠에게 따로 들은 게 있을 테고. 소가주가 괜히 여기까지 따라올 이유가 있나."

"너를 위해서지."

"흥."

여인이 콧방귀를 뀌었다.

오빠와 그녀의 관계는 딱 남매지간이었다.

여느 남매지간과 다를 바가 없었다.

돈독하기보다는 그냥 딱 평범한 남매였기에 여인이 가당찮다는 표정을 지었다.

"갑자기 이러니까 적응이 안 되는데?"

"나도 눈치는 있어."

"사실 나는 한 번 반대했다."

"왜?"

"……한 번 정도는 그래 주고 싶었으니까."

미공자가 씁쓸한 표정을 지었다.

명문세가의 자제로서 여자들이 어떤 삶을 살아가는지 누구보다 잘 알았다.

물론 그건 그 역시 마찬가지였으나 아들과 딸이 받아들이는 느낌은 아무래도 다를 수밖에 없었다.

각오를 했다고 해서 충격이 사라지는 건 아니었으니까.

"고마워. 근데 내가 결정한 것이기도 해. 이상한 사람에게 팔려 가는 것보다는 낫잖아? 나는 중소세가에 비하면 훨씬 나은 상황이니까."

"대단한 분이시기는 하지."

"샘 안 나?"

"수준이 어느 정도 비슷해야 질투도 하는 거지. 그 정도로 차이가 나는데 질투는 무슨."

미공자가 고개를 절레절레 저었다.

그라고 질투라는 감정이 없을까.

하지만 워낙에 격차가 커서 그런지 시샘하는 마음은 전혀 생기지 않았다.

더구나 한 명만이 아니었기에 충격이 큰 만큼 수긍도 빨랐다.

"하긴."

"그리고 너와 결혼을 하면 내 아랫사람이 되잖아? 나로서는 이득이지. 후후!"

"벌써 거기까지 생각한 거야?"

여인이 어처구니없다는 표정을 지었다.

설마하니 그런 걸 생각하고 있을 줄은 몰라서였다.

"이런저런 생각은 해 볼 수도 있지. 어그러질 수도 있고. 너도 알다시피 경쟁자들이 있잖아."

"괜찮아. 남자는 결국 여자 미모에 끌리게 되어 있어. 그리고 나는 천하에서 세 손가락 안에 들어가는 미녀이고."

여인이 자신만만하게 찰랑거리는 긴 머리를 튕겼다.

누구라도 반하게 만들 수 있다는 듯이 말이다.

"오빠지만 그건 인정. 근데 상대가 상대인지라."

미공자가 입맛을 다셨다.

여동생의 미모는 그도 인정했다.

하지만 문제는 상대 역시 만만치 않다는 점이었다.

단순히 미모에 넘어가는 위인이 아니라는 걸 알기에 미공자는 턱을 쓰다듬었다.

"도착했습니다!"

또르륵.

방문객을 처소로 데려온 유하성이 두 남매에게 차를 따라 주었다.

그런 유하성의 표정에는 의문이 가득 떠올라 있었다.

찾아온다는 연락을 미리 보내기는 했으나 딱 거기까지였다.

무슨 이유로 대뜸 찾아온다고 설명하지는 않았기에 유하성은 평소와 달리 의문이 담긴 눈빛으로 두 남매를 번갈아 쳐다봤다.

"아이들의 숙소가 있어서 그런지 분위기가 많이 달라졌네요. 활기차졌다고 할까요."

"한창 뛰어놀 나이대이기는 하지요."

너무나 어색한 분위기에 남궁준이 입을 열었다.

이 분위기를 환기시키고자 먼저 물꼬를 튼 것이다.

하지만 그의 노력에도 불구하고 효과는 딱히 없었다.

"잘 지내셨어요?"

"저야 늘 똑같지요."

남궁준에 이어 남궁희수가 조심스레 물었다.

처음 만났을 때와는 확연히 다른 태도에 유하성은 자기도 모르게 피식 웃었다.

남궁세가에서 만났던 남궁희수는 소화(笑花)라는 별호에 어울리지 않게 상당히 당돌했었다.

"제자를 들이셨다고 들었습니다."

"소식이 남궁세가까지 간 모양이군요."

"하하. 아무래도 아버지께서 유 공자께 관심이 많지 않습니까. 저도 얼떨결에 들었습니다."

"그렇긴 하죠."

유하성이 고개를 주억거렸다.

대놓고 자기 딸이 어떠냐고 물어보던 사람이 남궁수였다.

그러니 이소향을 제자로 받아들인 걸 알고 있는 게 이상하지는 않았다.

딱히 숨길 일도 아니었고.

"개인적으로 그 소식을 들었을 때 조금 놀랐습니다. 제자는 한동안 안 들이실 줄 알았거든요."

"남궁 공자뿐만 아니라 많은 이들이 놀랐습니다. 사실 저도 이렇게 인연이 닿을 줄은 몰랐고요."

"사실 은연중에 많이 제안을 하지 않습니까."

"그렇긴 합니다."

번천회와의 대회전 이후 유하성은 패왕이라는 별호를 얻었다.

실력으로 당당히 왕의 칭호를 얻었던 것이다.

그렇기에 유하성의 제자가 되고자 하는 이들이 많았다.

한둘이 아니라 어마어마하게 말이다.

"그런데 아이들 중에 인연이 닿다니. 참, 세상일은 모르는 것 같습니다."

"그래서 재미있는 것이지 않습니까. 그런데 두 분께서는 어쩐 일이십니까?"

신변잡기는 이 정도면 되었다는 듯이 유하성이 바로 본론을 꺼냈다.

그도 마찬가지지만 남궁준과 남궁희수 역시 평범한 신분은 아니었다.

거기다 안휘성과 호북성이 맞닿아 있다고 하나 남궁세가

武當霸王
무당
패왕

와 무당산이 또 그렇게 가까운 건 아니었다.

"흠흠! 유 공자께서 허락해 주신다면 저희도 이곳에 머물며 수련을 하고 싶습니다."

"여기서요?"

의문이 더욱 짙어진 눈빛으로 유하성이 반문했다.

남궁세가주의 소가주씩이나 되는 남궁준이 굳이 무당산에서 수련할 이유가 없어서였다.

더욱이 함께 온 남궁희수는 가주의 금지옥엽이었다.

한데 여기서 머물겠다고 하자 유하성은 의아함을 감추지 않았다.

"번천회와의 전쟁은 거의 마무리 단계이지 않습니까. 아직 잔당이 남아 있고, 산발적인 전투가 여전히 벌어진다고 하나 반전이 일어날 가능성은 없지요. 그래서 저도 총단에서 나온 것이고요. 물론 무명을 얻기 위해 남아 있는 후기지수들도 있기는 하지만 저는 그것보다는 스스로의 무공을 갈고 닦는 게 더 낫다고 생각했습니다. 무명이야 유 공자에 비하면 아무것도 아니지만 조금 가지고 있기도 하고요. 게다가 여기에는 유 공자뿐만 아니라 이 소협도 있지 않습니까. 원일 진인도 있고요."

남궁준이 차분하게 말을 이었다.

마치 미리 준비한 말을 읊듯이 말이다.

다만 문제는 사족이 엄청나게 길다는 점이었다.

하지만 이해가 안 가는 건 또 아니었다.

"남궁 공자의 입장은 이해했습니다. 그런데 남궁 소저는 다르지 않습니까?"

유하성의 고개가 남궁희수에게로 돌아갔다.

남궁준이야 무인으로서 그럴 수도 있다고 납득이 되었다.

그러나 남궁희수는 달랐다.

"저도 분명한 이유가 있어요."

"그게 무엇입니까?"

"유 공자님이요."

"……저요?"

유하성의 눈동자에 황당함이 서렸다.

다짜고짜 자신이 이유라고 하자 어리둥절했던 것이다.

"아빠께서, 아니 정확하게는 가주님께서 저에게 특명을 내리셨어요. 유 공자님의 마음을 사로잡으라고요."

"쿨럭!"

단도직입적이다 못해 그냥 들이박는 수준의 한마디에 남궁준이 격하게 기침을 했다.

차를 들이켜는 중에 사레가 들린 것이었다.

하지만 충격은 당사자인 유하성이 더 컸다.

전혀 예상치 못한 말에 유하성은 말문이 막혔다.

"유 공자님도 알고 계시지 않나요?"

미리 패를 까서 그런지 남궁희수는 뻔뻔한 얼굴로 물었다.

조금도 부끄럽지 않다는 듯이 말이다.

오히려 자신의 무기인 화사한 미소를 장착하고서 유하성을 은근한 눈빛으로 바라봤다.

웬만한 남자라면 반할 수밖에 없는 모습이었으나 안타깝게도 상대가 나빴다.

"농담 삼아 듣기는 했습니다. 듣자마자 바로 거절했지만."

"……네에?"

남궁희수의 미소에 금이 갔다.

부친이 은근슬쩍 찔러본 건 들어서 알고 있었다.

그런데 듣자마자 단칼에 거절했다는 말은 처음이었기에 남궁희수가 흔들리는 눈빛으로 유하성을 바라봤다.

옆에 있던 남궁준은 계속 끅끅거리고 있었고.

"돌아가시는 게 낫지 않겠습니까?"

"……제가 마음에 안 드세요?"

남궁희수는 빠르게 표정을 가다듬었다.

태어나서 단 한 번도 겪어 보지 못한 상황이었으나 수습은 빨랐다.

이런 반응을 어느 정도 예상하고 있었고 말이다.

"솔직히 말씀드리면 아직 혼인에 대해서는 생각하고 있지 않습니다."

"그럼 령령 언니랑 황 소저는요?"

남궁희수가 차분한 어조로 물었다.

관심이 없다는 말과 달리 작년 겨울부터 제갈령령과 황주연이 머물고 있어서였다.

그리고 두 여인이 머무는 이유를 남궁희수는 잘 알고 있었다.

특히 제갈령령에게는 직접 말을 듣기도 했고.

"두 분에게도 똑같이 말을 한 상태입니다."

유하성이 대답하며 남궁준을 슬쩍 쳐다봤다.

아무래도 제삼자라 할 수 있는 남궁준이 있는 곳에서 이런 말을 해도 되나 싶어서였다.

그걸 남궁준 역시 알았기에 어색하게 웃어 보였다.

나가야 하나 말아야 하나 고민하는 건 그 역시 마찬가지였다.

"그럼 저도 있을래요."

"가주님의 명 때문입니까?"

"그것도 있고, 자존심도 상해서요."

"자존심이요?"

유하성이 고개를 갸웃거렸다.

그런데 그건 남궁준도 마찬가지였다.

지금의 상황과 자존심이 무슨 연관이 있나 싶어서였다.

"여자로서의 자존심이요. 무공은 모르지만 여자로서 다른 여인들에게 뒤진다는 생각은 단 한 번도 한 적 없어요. 다른 무림삼화와 비교해도요."

"음!"

폭풍처럼 휘몰아치는 분위기에 적응하지 못하고 얌전히 있던 남궁준이 고개를 주억거렸다.

솔직히 남자로서 취향의 문제였지 세 여인 다 미모는 천하 일절이었다.

그렇기에 미모 서열을 매기기가 힘들었다.

하지만 분명한 건 다들 스스로의 미모에 자신이 있다는 점 이었다.

"어쩌면 지금 돌아가는 게 자존심을 챙기는 방법일 수도 있습니다."

"아뇨. 돌아가는 건 제 스스로 물러나는 거잖아요. 두 사 람을 이길 수 없다고 생각해서. 그러나 패배는 다르죠. 정면 승부를 하고서도 진 거니까. 이건 엄연히 달라요."

"……그것도 그렇군요."

묘하게 납득이 가는 대답에 유하성은 자기도 모르게 고개 를 주억거렸다.

무인들 간의 비무에 대입하면 충분히 이해가 가기도 했다.

"그러니까 허락해 주신다면 저도 남고 싶어요. 그리고 남 녀 사이의 일은 어떻게 될지 모르는 거잖아요. 유 공자님께 서 생각지도 못한 제자를 만난 것처럼."

"흐음."

"싫으시다면, 제가 불편하시다면 이대로 떠날게요. 저 그렇게 무례한 사람은 아니에요."

고민하는 유하성의 모습에 남궁희수는 마지막 한마디를 남겼다.

정말로 유하성이 원치 않는다면 이대로 돌아가겠다는 듯이 말이다.

그리고 이렇게까지 나오면 그녀도 부친에게 할 말이 있었다.

당사자가 싫다는데 남궁희수가 할 수 있는 건 없었다.

"손님으로 오셨는데 바로 떠나라고 하는 건 예의가 아니지요. 무당파에 머물지 말지를 허락할 권한도 저에게는 없고요."

유하성은 상식적으로 생각했다.

무당패왕이라 불리며 장문인인 무율보다도 더한 명성을 얻은 게 그였다.

하지만 무당파 내에서는 일개 속가제자에 불과했다.

그렇기에 유하성으로서는 무당파와 남궁세가의 이해관계에 대해서도 생각해야 했다.

'이 정도 말했으면 알아들었을 테고.'

유하성이 본 남궁희수는 영리한 여인이었다.

눈치도 빨랐기에 이렇게 말하면 분명히 알아들었을 거라 생각했다.

자신이 적당히 체면을 세워 주기도 했고.

그러니 어느 정도 머물다가 적당한 시기에 떠날 터였다.

"감사합니다, 유 공자님."

"아닙니다. 애초에 저에게 그 정도의 권한도 없고요."

"그래도 허락해 주신 건 허락해 주신 거니까요."

남궁희수가 살포시 웃었다.

어찌어찌 첫 고비는 잘 넘은 것 같아서였다.

"연구동에 머물러도 될까요?"

무거워진 분위기를 환기시킬 겸 남궁준이 입을 열었다.

시기적절하게 둘의 대화에 끼어들었던 것이다.

"빈방이 없는 건 아닌데, 호위무사분들까지 머무실 정도는 안 됩니다."

"아이들 숙소에도 빈방이 있지 않습니까?"

유하성의 눈이 살짝 커졌다.

거기까지는 생각하지 못해서였다.

동시에 남궁세가에서 참 많이 조사했다는 걸 알 수 있었다.

'아니면 첩자가 있거나.'

유하성의 눈썹이 꿈틀거렸다.

왠지 모르게 적이 아닌 첩자가 가까이에 있을 것 같다는 생각이 순간 들어서였다.

"호위무사들이 머물기에는 조금 비좁을 겁니다. 오직 수면과 휴식만 생각해서 지은 건물이라."

"괜찮습니다. 대신 넓은 연무장이 사방에 펼쳐져 있지 않습니까. 이왕이면 저희들과 함께 지내야 하고요. 단체생활에는 다들 이골이 났으니 걱정하지 않으셔도 됩니다."

"아이들이 걱정됩니다만."

"아."

남궁준은 순간 말문이 막혔다.

이런 대답이 나올 줄은 몰라서였다.

물론 다른 곳이었다면 신경도 안 쓰겠지만 상대가 유하성이었다.

그렇기에 남궁준은 마른침만 삼켰다.

"아이들이 불편함을 느끼지 않도록 저희가 지시할게요. 호위무사들 역시 대부분의 시간은 저와 오빠를 호위하거나 수련하는 데에 사용할 것이니 아이들과 부딪치는 일은 그리 많지 않을 거라고 생각해요."

"아, 그리고 저희들이 가져온 게 있습니다. 돈보다는 생필품이 더 나을 것 같아서 옷이나 속옷 같은 물품들을 가져왔습니다. 아무래도 청정도문이니만큼 이런 물품들이 부족할 것 같아서요."

"감사합니다."

"하하, 사실 저보다는 희수가 챙겼습니다."

남궁준은 공을 여동생에게 돌렸다.

그는 수련이 목적이었지만 남궁희수는 유하성이 목적이었

기 때문이다.

점수를 따 놔서 나쁠 건 전혀 없기에 남궁준은 그리 말하며 남궁희수에게 눈을 찡긋거렸다.

세 명이 모였음에도 방 안에는 적막이 내려앉았다.

누구 하나 선뜻 입을 열지 않았던 것이다.

그래서인지 냉랭한 분위기가 실내를 가득 채우고 있었다.

"우선 제 초대에 응해 주셔서 감사해요."

"아니에요. 저도 한 번 정도는 이런 자리가 있어야 한다고 생각했거든요. 생각지도 못한 분이 오실 줄은 몰랐지만."

이 자리를 만든 제갈령령이 입을 열었다.

포문을 열듯 먼저 말을 꺼냈던 것이다.

그런데 그 말에 황주연이 날을 세우며 남궁희수를 쳐다봤다.

"황 소저께서 잘 모르시는 것 같은데, 순서로 따지자면 제가 제일 먼저였어요."

"글쎄요. 제 생각은 조금 다른데요. 유 공자님의 가치를 가장 먼저 알아본 건 저희 아버지셨습니다."

황주연이 단호하게 말했다.

정확하게 순서를 따지자면 남궁희수보다 황만덕이 먼저였

다.

그 당시 용봉회에서 아무도 알아보지 못했던 유하성에게 가장 먼저 관심을 보인 게 바로 황만덕이었다.

"그건 맞죠."

제갈령령의 맞장구에 남궁희수가 아랫입술을 깨물었다.

다시 한번 이 자리에 대해서 절절하게 느낄 수 있어서였다.

"그러니까 순서는 의미가 없다고 생각해요. 저 역시 그걸로 물고 늘어질 생각도 없고요."

제62장 그를 찾아오는 사람들

"근데 제가 알기로 황 소저는 아직 결정을 확실하게 내리지 못한 걸로 알고 있는데요."

남궁희수가 톡 쏘듯이 말했다.

의사를 확실하게 표명한 자신이나 제갈령령과 달리 황주연은 아직 어정쩡한 상태라고 생각해서였다.

그러나 남궁희수의 공격에도 황주연은 흔들리지 않았다.

"무당산에서 머문 시간으로 제 의사표명은 충분히 했다고 생각하는데요."

"유 공자님은 그렇게 생각하지 않을 것 같은데요."

황주연과 남궁희수의 눈빛이 허공에서 맹렬하게 부딪쳤다.

마치 불똥이 튈 것 같은 동갑내기들의 강렬한 눈빛에 제갈
령령이 중재했다.

　"둘 다 너무 흥분한 것 같아요."

　"그래서 이 자리를 만든 이유가 뭐야, 언니?"

　"우리 셋 다 입장을 확실하게 해야 할 필요가 있어서. 다
들 짐작은 하지만 직접 들은 적은 없잖아? 그리고 현실을 직
시하면 뜻을 거두는 사람이 있을지도 모르고."

　"정리를 하자 이거네."

　"맞아."

　제갈령령이 씨익 웃었다.

　의미 없는 일이라고 생각할지 모르나 제갈령령은 한 번쯤
이런 자리가 필요하다고 생각했다.

　동시에 서로가 어떤 생각을 가지고 있는지도 알 필요가 있
었고.

　"입장표명을 굳이 할 필요가 있을까요?"

　"황 소저는 마음을 확실히 굳히신 모양이네요."

　"맞아요."

　"그런데 제가 알기로도 따로 유 공자님께 표현하시진 않은
걸로 아는데요."

　"그렇지만 알고 계시죠."

　황주연이 딱 잘라 말했다.

　티를 안 내서 그렇지 유하성은 결코 눈치가 없지는 않았다.

그렇기에 지금의 상황에 대해서는 알고 있을 게 분명했다.

"흐음. 그런 어중간한 마음이라면 제가 곤란한데요."

"나도."

"넌 왜 끼어들어?"

"왜? 나도 자격 있어. 오늘 도착하자마자 말했거든. 내가 이곳에 온 목적에 대해서."

"벌써?"

제갈령령이 살짝 놀란 표정을 지었다.

오랫동안 보아 온 만큼 남궁희수의 성격에 대해서는 잘 알고 있었다.

그래서 더더욱 믿기지 않았다.

"언니 말대로 확실하게 하는 게 좋으니까. 솔직히 외모는 내 취향이 아니지만 가문에 도움이 되는 건 사실이니까. 성격도 저 정도면 무난하고. 막 이상하거나 특이한 성격은 아니잖아. 그렇다고 모셔야 할 부모님이 계신 것도 아니고. 거기에 배경이 무당파면 어디 가서 꿀리는 것도 아니고."

"확실히 그런 부분들이 장점이기는 하지. 희박하긴 하지만 데릴사위가 가능하기도 하고."

"맞아."

양친이 없다는 건 어떻게 보면 단점이지만 또 다르게 보면 장점이 되기도 했다.

그렇다고 배경이 부족한 것도 아니었다.

무당파의 장로와 같은 배분에다가 무림에서는 패왕이라 불리는 인물이었다.

냉정하게 따져 봐도 그녀가 꿀리면 꿀렸지 유하성이 꿀리지는 않았다.

'괜히 제갈세가와 금와장이 노리는 게 아니지.'

남궁희수의 시선이 황주연에게로 향했다.

솔직히 제갈령령의 마음은 처음부터 알고 있었기에 무당산에 머문다는 소식을 들었을 때 딱히 놀라지 않았다.

이미 그녀에게 선전포고를 하기도 했고.

그러나 금와장과 황주연은 정말 의외였다.

"확실하게 하고 싶다니까, 말씀드리죠. 저는 물러날 생각이 없어요. 이 자리가 파하고 유 공자님을 바로 찾아갈 생각이고요."

"결국 이렇게 되는군요."

제갈령령이 어깨를 으쓱거렸다.

예상은 했지만 내심 아니길 바랐다.

이왕이면 경쟁자는 없을수록 좋아서였다.

가뜩이나 남궁희수도 만만치 않은데 황주연과 금와장까지 참전하겠다고 하자 제갈령령은 가슴이 무거워졌다.

"금와장주님의 허락은 받으신 건가요?"

"저를 무당산에 보내신 게 장주님이세요."

"그럼 지금까지 간을 봤다는 말씀이시네요. 거의 넉 달 정도 무당산에 머무신 걸로 아는데."

남궁희수가 예리한 일격을 날렸다.

애매모호한 행동에 대해 신랄하게 지적했던 것이다.

"서로에게 적당한 시간이 필요하다고 생각했을 뿐입니다."

"정확하게는 황 소저에게 필요했던 거겠죠."

"서두르는 게 능사는 아니라고 판단했을 뿐입니다."

"유 공자님의 생각은 다를걸요?"

"그럴지도 모르죠."

생각지도 못한 남궁희수의 파상공세였으나 황주연은 담담히 받아 냈다.

처음에만 살짝 당황했을 뿐 그 이후부터는 평정심을 유지했다.

자신을 몰아붙이기는 하지만 딱 여기까지뿐이라는 걸 잘 알아서였다.

"그럼 이대로 물러나는 것도 한 가지 방법이라고 생각하는데요. 아직 시작하지 않았으니 잃을 것도 없고요."

"저도 일정 부분은 동의해요. 굳이 무리를 할 필요는 없죠. 시간은 한정적이고 남자와 달리 여자는 잃을 게 많으니까요. 더욱이 혼기가 찬 여자들에게는요."

제갈령령이 조심스럽게 한마디를 더했다.

염문설이 돌아서 피해를 입는 건 대체로 여자 쪽이었다.

물론 제갈세가나 남궁세가, 금와장 정도쯤 되면 염문설 한두 개 정도로는 큰 타격을 입지 않는다고 하나 그래도 있는 것보다는 없는 게 깨끗하고 좋았다.

"그건 두 분 역시 마찬가지 아닌가요?"

"맞아요. 그래서 전 각오를 한 상태고요."

"저도요."

되묻는 황주연의 말에 제갈령령과 남궁희수가 일말의 망설임도 없이 대답했다.

이 정도 각오는 진즉에 한 상태였기에 망설일 이유가 없었다.

"위험 부담이 있지만, 성공하면 되는 일이니까요."

"맞아."

"저도 마찬가지예요."

덧붙이는 제갈령령과 남궁희수를 보며 황주연 역시 단호하게 말했다.

이대로 포기할 생각은 전혀 없다는 듯이 말이다.

"결국 이렇게 되는 건가요."

"나빠진 건 없잖아? 언니도 예상하고 있었고."

"그만큼 좋은 남자이니까."

제갈령령이 아쉬운 표정을 지었다.

어느 정도 예상하긴 했으나 그래도 일말의 가능성이 있다고 생각했었다.

그런데 역시나 내 눈에 보기 좋은 건 남의 눈에도 좋게 보인다는 속담만 확인했다.

"말은 똑바로 해야지. 조건이 어마어마하게 좋은 남자잖아."

"그렇게 말하면 너무 속물 같잖아."

"뭐, 어때. 남자가 여자 외모 따지는 것처럼 우리도 조건 보는 건데."

"하긴. 오십보백보긴 하지. 그보다 한 가지 더 짚고 넘어갈 게 있어요."

남궁희수의 말에 적당히 맞장구를 쳐준 후 제갈령령은 황주연을 바라봤다.

그러자 황주연의 눈동자에 의아함이 떠올랐다.

여기서 더 짚고 넘어가야 할 게 있냐는 눈빛이었다.

"우리 셋 다 알고 있잖아요. 유 공자님이 정말 좋은 남자라는 거."

"그렇죠."

"그리고 다른 여자들의 눈에도 마찬가지라는 사실 또한."

"음!"

제갈령령이 하려는 말을 눈치챈 모양인지 남궁희수가 침음을 흘렸다.

거기까지는 그녀도 생각하지 못해서였다.

"경쟁자가 더 늘어날 수도 있다는 말이죠?"

"맞아요. 우리끼리만 경쟁해도 박 터지는데, 더 늘릴 필요
는 없잖아요?"

제갈령령이 서로 골치 아픈 일은 피하자는 듯이 말했다.

오월동주라는 말처럼 어느 정도는 협력할 필요가 있다는
뜻이었다.

"일리가 있네요."

"그러니까 합심해서 경쟁자들을 막거나 치우자?"

"응. 무당산까지 직접 찾아왔는데 우리에게 그 정도 권리
는 있지 않겠어?"

황주연과 남궁희수가 고개를 끄덕였다.

이 제안은 두 사람에게도 나쁘지 않아서였다.

둘 다 여기서 더 경쟁자를 늘리고 싶지도 않았고 말이다.

"한 가지 방법이 더 있기는 해요."

"혹시 우리를 다 받아들이는 거요?"

"맞아요. 문제가 한 방에 해결되기도 하고."

"하지만 그럴 경우 또 다른 문제가 생기죠. 누가 정실이
되고, 첩실이 될 것이냐는 문제가. 결국 경쟁은 피할 수 없
어요."

제갈령령이 의미심장하게 웃었다.

그녀라고 거기까지 생각하지 않은 게 아니었다.

단지 먼저 말을 꺼내고 싶지 않았을 뿐.

이왕이면 혼자 독차지하고 싶었다.

"그게 싫으면 지금 포기하는 것도 한 가지 선택지라는 걸 두 분께 말씀드리는 거예요."

"으음!"

황주연의 시선이 남궁희수에게 향했다.

각오를 물었던 그녀에게 황주연은 되물었다.

이런 각오도 했느냐고 말이다.

그런 황주연의 역공에 남궁희수는 순간 얼굴이 굳어졌다.

"자자, 그만하죠. 거기까지는 너무 멀리 갔어요. 아직 유공자님의 마음도 모르는데."

"한번 생각해 볼 필요는 있다고 생각해서요."

"당장 결정을 내리기에는 어려운 문제니까요."

제갈령령이 다시 한번 중재했다.

사안이 사안이니만큼 쉽게 결정할 문제가 아니라고 생각했다.

"저는 저의 각오를 말씀드린 거예요. 생각할 시간이 필요하다고 하시니 저는 이만 일어날게요."

황주연이 자리에서 일어났다.

그러나 그녀가 방을 나설 때까지 남궁희수는 아무런 말이 없었다.

제갈령령 역시 독촉하지 않고 조용히 생각에 잠겼고.

오늘도 어김없이 들려오는 우렁찬 기합 소리에 이춘상이 흡족한 표정을 지었다.

이른 아침마다 들려오는 아이들의 힘찬 기합 소리는 그에게 더없는 활기를 주었다.

어렸을 적이 떠오른다고나 할까.

아이들 나이였을 때는 이춘상도 정말 열심히 수련했었다.

"왜 그렇게 흐뭇하게 웃어?"

"옛날 생각이 나서."

"갑자기?"

"가끔 문득문득 떠오를 때가 있어, 아이들 기합 소리를 들으면. 나도 순수하게 무공 수련하는 걸 즐겼던 때가 있었으니까."

날씨가 따뜻해져서 그런지 이제는 느리게 식는 차를 들이켜며 이춘상이 말했다.

회상하는 듯이 아련한 눈빛을 하고서 말이다.

하지만 유하성은 그 말을 순순히 믿지 않았다.

"네가?"

"어허! 나도 순수했던 시절이 있었어. 십 대 시절에는 지금보다 훨씬 더 잘나갔지. 나 좋다고, 나랑 놀고 싶다고 매달리던 소녀들이 얼마나 많았는데!"

무당
패왕

"지금보다 앳된 얼굴이라. 확실히 그렇긴 하겠네. 소녀들이 좋아할 만한 얼굴이긴 하지. 잘 씻는다는 전제하에."

"잘생긴 놈은 씻지 않아도 잘생겼어. 더러운 것조차도 멋으로 보이게 만드는 게 진정한 잘생김이야. 바로 나같이 말이지."

무공은 유하성보다 부족할지 모르나 대신 하늘은 그에게 외모를 주었다.

그것도 웬만한 남자들은 가볍게 찜 쪄 먹을 정도로 말이다.

이건 앞으로도 마찬가지일 터였다.

"인정하기 싫지만, 인정할 수밖에 없네."

"크크크크!"

"하오문과 흑점은 좀 성과가 있나?"

"몸통까지는 잡았는데, 머리가 여전히 오리무중이네. 점 조직이라 찾기가 여간 어려운 게 아니야."

자화자찬하던 이춘상이 입술을 비틀었다.

개방은 물론이고 정도무림의 정보망을 전부 다 동원했음에도 여전히 하오문과 흑점의 수뇌부는 종적을 찾을 수가 없었다.

성과가 아예 없는 건 아니었으나 그렇다고 만족할 만한 수준은 결코 아니었다.

"그래도 괴형문과 공공문은 끝장냈다며."

"그렇긴 한데, 도둑들은 완전히 뿌리 뽑을 수가 없어서."

"일단 마무리를 지은 것에 의미를 둬야지. 근데 의외로 벽력문과 귀단문이 오래 걸리네."

"중원에 없을 가능성도 염두에 두고 있어."

"지금까지 흔적도 찾지 못했다면 그럴 가능성도 있겠네."

유하성이 턱을 쓰다듬었다.

다른 곳도 아니고 개방과 금와장이 나섰는데도 아무런 흔적도 찾지 못했다면 새외무림에 있을 가능성도 있었다.

개방과 금와장이 대단하다고 하나 새외에까지 영향력이 큰 건 아니었다.

"일독문도 멸문시켰으니 지지부진하기는 해도 하나씩 정리하고 있는 건 사실이니까."

"그나마 다행이지. 근데 이게 다 뭐야?"

"뭐긴 뭐야? 너한테 온 서신들이지. 대부분이 나한테 들어온 청탁들이고."

"청탁? 네가?"

유하성이 의아한 눈으로 이춘상을 쳐다봤다.

개방의 후개인 그가 누군가의 청탁을 받아들이는 경우는 정말 드물어서였다.

불의는 물론이고 부정부패 역시 싫어하는 이가 이춘상이었다.

"나하고 어울리지는 않지만, 나라고 해도 어쩔 수 없는 게

무당
패왕

있는 거니까. 그리고 어떻게 보면 자업자득이기도 하고."

"자업자득?"

"무명을 날리는 만큼 감당해야 할 것들도 많아지는 법이지. 적도, 원한도 많아지고."

"뒤에 두 개는 이해가 되는데, 전자는 썩 와닿지 않는데."

"일단 봐 봐."

지이익.

이춘상의 턱짓에 유하성은 가장 위에 있는 봉투를 찢었다.

완벽하게 밀봉되어 있는 봉투를 뜯자 곱게 접힌 서찰이 있었고, 그걸 유하성은 찬찬히 읽어 내려갔다.

하지만 끝까지 다 읽을 필요는 없었다.

사락. 사라락.

계속해서 봉투가 찢어지며 서찰이 모습을 드러냈다.

그런데 서찰의 장수가 적지 않음에도 유하성이 읽는 속도는 점점 빨라졌다.

거의 첫 장만 보고 그다음은 읽지도 않았다.

내용이 전부 다 비슷비슷했기에 굳이 끝까지 읽을 필요가 없어서였다.

"크크크."

그 모습에 이춘상이 괴소를 흘렸다.

서찰의 내용을 보지 않아도, 유하성의 반응만 봐도 어떤 글들이 적혀 있는지 충분히 예상이 가서였다.

"별의별 내용이 다 있네."

"근데 신기하게도 참 비슷하지? 십인십색이라지만 사람 생각하는 게 다 비슷비슷하다니까."

"그걸 알면서도 넌 내게 이것들을 가져왔고 말이지."

"너에게 온 건데 당연히 주인한테 보내 줘야지. 내 역할이 그거인데."

"너한테도 많이 오냐?"

읽던 서찰을 내려놓으며 유하성이 물었다.

그러자 이춘상은 어깨를 으쓱거렸다.

"나 개방의 후개야. 평범한 거지가 아니란 말이지."

"혼담도?"

"그건 빼고. 원래 거지는 잔치에 초대를 받지 않는데, 나는 좀 다르지. 사부님도 마찬가지고. 근데 초대를 받아도 보통은 참석을 안 해. 냄새나는 거지를 누가 좋아하겠어? 가더라도 보통은 거의 끝날 때쯤에 가고."

"용봉회는 바로 참석했잖아?"

"그땐 상태가 괜찮았으니까. 씻기도 했고."

듣고 보니 확실히 상태가 평소보다 낫기는 했었다.

이춘상은 여느 거지와는 달리 씻는 것에 딱히 거부감을 가지지 않았다.

그렇다고 개방도의 본분에 충실하지 않은 것도 아니었다.

"생각해 보니 그러네."

"난 경우를 아는 거지야. 존중과 예의를 아는 거지란 말이지."

"그나저나 아직 전쟁이 확실하게 마무리된 것도 아닌데 다들 너무 안도하는 것 같은데. 이러다가 갑자기 하오문과 흑점, 벽력문, 귀단문이 쳐들어올 수도 있는데."

"나를 비롯해서 사부님이 누누이 말하고 있는데, 안 들어. 이미 다 끝났다고 생각하는 모양이야. 산적이랑 수적이야 애초에 뿌리 뽑는 게 불가능하고. 이건 역사가 증명하는 사실이니까."

"그러다가 큰코다칠 텐데."

번천회가 지리멸렬했다고 하나 흑점과 하오문은 무시할 수 없었다.

거기다 벽력문의 경우 화탄이 한꺼번에 터진다면 구파일방과 오대세가도 안심할 수 없었고.

물론 그렇게 될 가능성은 희박했지만 이걸 달리 말하면 구파일방과 오대세가를 제외한 무문들과 무가들은 위험하다는 뜻이었다.

"자신은 안 당할 거라고 생각하는 거지."

"너무 안일한 생각 아냐?"

"위치적으로 따지면 안전하기는 하지. 살아남은 십천주들이 전부 남쪽으로 내려갔으니까. 거의 끝마무리 상태이기도 하고."

"흠."

유하성이 못마땅한 표정을 지었다.

끝나기 전까지는 끝난 게 아니라고 생각해서였다.

그런데 다른 이들의 생각은 그렇지 않은 모양이었다.

"너무 걱정하지는 마. 명성을 얻고 싶어 하는 이들이 끝까지 십천주들을 추격할 테니까. 무명에 눈먼 이들이 꽤 많거든."

"그러다가 혹 가는 건데."

"그 또한 받아들여야지. 준비가 덜 되었는데 욕심을 부린 대가를. 그보다 그건 어떻게 할 거야?"

"거절해야지."

일말의 망설임도 없이 유하성이 대답했다.

초대한다고 해서 무조건 갈 이유는 없었다.

그리고 이소향처럼 자연스럽게 인연이 닿는다면 모를까 더 제자를 받아들일 생각도 없었다.

"무당파에 방문객이 엄청나게 늘어난 건 알고 있지?"

"원일에게 듣기는 했다."

"대부분이 너 보러 온 거야. 어떻게든 너하고 안면 한번 터 보겠다고. 겸사겸사 자신의 자식들도 보여 주고 말이지. 소향이가 되었으니 자기 자식들도 가능성이 있다고 생각하는 거지."

"상상은 자유이니까."

武當覇王
무당
패왕

"맞아. 상상은 누구나 할 수 있지. 근데 그것 때문에 골치 좀 썩는 모양이야. 너를 보고 싶어 하는 이들 중에는 거물도 있으니까. 막말로 제갈세가와 금와장, 남궁세가가 이곳에 와 있기도 하고."

유하성의 얼굴에 쓴웃음이 맺혔다.

무명을 얻는다는 게 썩 좋지만은 않은 일 같아서였다.

애초에 그는 이런 명성을 원하지도 않았다.

싸워야 하는 이유가 있었기에 싸운 것뿐이었다.

"이해관계라는 게 참 어려워."

"근데 어쩔 수 없어. 사람은 혼자 살 수 없으니까. 각자의 입장도 있는 거고."

"넌 좀 눈에 들어오는 애 없어? 나만큼이나 너에게도 관심이 많을 것 같은데."

"나?"

이춘상이 눈을 동그랗게 떴다.

갑자기 화살을 그에게 돌려서였다.

"너도 슬슬 제자를 생각해야지."

"에이. 난 아직 한참 멀었지. 사부님께서 날 받아들이셨을 때의 나이를 생각하면. 우리 사부님은 지천명이 훌쩍 넘으셨을 때 날 제자로 들이셨다."

"그래서 너도 오십 넘어서 제자를 만들겠다고?"

"꼭 그렇다는 건 아니고 여유롭게 생각하고 있다는 거지.

어떻게 보면 너처럼 인연을 기다리는 것이기도 하고. 지금 생각은 이렇지만 또 인연이 닿으면 바로 생길 수도 있는 게 제자니까. 자고로 인연은 불현듯 찾아오는 거 아니겠어?"

"말은 아주 청산유수야."

유하성은 고개를 절레절레 저었다.

말로는 상대하기가 힘들었다.

이춘상은 그의 입심이 대단하다고 하지만 유하성의 생각은 달랐다.

진짜 말도 잘하고, 많은 건 이춘상이었다.

"사부님도 별말씀 없으시거든. 나에게 전적으로 맡기겠다는 거지."

"너무 늦지는 마. 사손을 보여 주는 것도 어떻게 보면 효도야."

"허어. 너답지 않게 너무 감성적인데?"

"그냥 문득 이런 생각이 들더라고. 사부님께서 소향이를 보셨다면 정말 좋아하셨을 것 같다는."

"……그렇게 말하면 내가 무슨 말을 해?"

이춘상이 입을 삐죽 내밀었다.

너무 갑자기 분위기가 진지해져서였다.

하지만 한편으로는 유하성의 마음이 이해가 되기도 했다.

그를 늦은 나이에 제자로 받아들인 만큼 취선에게 남아 있는 시간은 그리 많지 않았다.

武當霸王
무당패왕

"한 번쯤은 생각할 시기가 되었다고 생각하니까. 생각하는 건 어렵지 않잖아? 너도 바쁜 건 알고 있지만."

"너만 할까. 여기에서 가장 바쁜 건 너야. 그나저나 소화까지 무당산을 찾아올 줄이야. 아주 꽃밭이구만, 꽃밭이야. 기분이 어때? 미녀들이 너만 바라보는 기분은?"

이춘상이 눈을 반짝거렸다.

그는 거지라 혼인을 할 수 없기에 이렇게라도 대리만족을 느끼고 싶었다.

"부담스럽지."

"엥? 기분 좋지 않아? 날아갈 것 같은 느낌이라거나. 어깨에 힘이 들어간다거나."

"나이를 생각해야지. 셋 다 나보다 열 살 이상 어린데. 띠동갑도 있고."

"그럼 더 좋지 않나? 흐흐흐!"

이춘상이 음흉하게 웃었다.

우리 사이에 뭘 그런 걸 부끄러워하냐는 듯이 말이다.

하지만 유하성은 도의를 아는 사람이었다.

또한 도가수행을 했던 이이기도 했고.

"무슨 말을 하는 거야."

"왜? 연상보다는 연하가 낫지 않아? 그리고 너는 또래 만나기가 힘들지. 우리 나이에 혼자인 여자가 얼마나 있다고?"

"……그건 그렇지."

해가 바뀌고 유하성의 나이도 서른둘이 되었다.

정확한 생일을 알지 못했기에 유하성은 그냥 간단하게 해가 바뀌면 나이도 같이 먹는다고 생각했다.

그리고 여자 나이 서른둘이면 애가 두셋은 기본적으로 있을 법한 나이였다.

"물론 찾아보면 있기야 하겠지만, 드물지. 암. 당장 균현만 가 봐도 과부들뿐이잖아?"

"그렇지."

유하성이 순순히 고개를 주억거렸다.

실제로도 그 역시 몇 번이나 봤었기에 반박할 여지가 없었다.

"그러니까 이건 어쩔 수 없어. 네가 받아들여야 하는 문제이지. 거기다 셋 다 외모가 부족해, 집안이 부족해? 나였으면 입이 찢어졌겠다."

"그건 너의 입장이고. 내 입장은 다르지."

"뭐가 달라? 남자도 거기서 거기고, 여자도 거기서 거기야. 단지 조건과 성격에 따라 달라지는 것뿐이지. 크게 보면 다 똑같아."

"웬일이냐. 네가 그런 말도 하고?"

"여자 경험은 내가 너보다 많을걸? 흐흐흐!"

음충맞은 웃음을 흘리며 이춘상이 키득거렸다.

마치 '너는 아무것도 몰라'라고 말하는 듯한 시선에 유하성이 고개를 절레절레 저었다.

"자랑이다."

"당연히 자랑이지. 세상 경험이 얼마나 중요한데. 경험이 많아서 나쁠 건 없지. 무공만 해도 마찬가지고."

"신났지? 나보다 잘난 게 있어서?"

"응. 완전 신나."

이춘상이 어깨를 들썩거렸다.

앉아서 춤을 추는 것처럼 말이다.

아주 신나서 어깨춤을 추는 모습에 유하성이 피식 웃었다.

"그래. 즐겨라."

"여기까지는 농담이고, 너도 한 번쯤은 진지하게 생각해야 해. 남자의 나이와 여자의 나이는 다르니까. 너야 이미 늦었지만 세 사람은 아니잖아? 언제까지고 기다려 달라는 건 욕심이야. 알아 가는 시간이 필요한 건 맞지만 그게 너무 길어지면 안 돼."

"그건 생각 못 했네."

유하성이 살짝 놀란 표정을 지었다.

부담스럽고 고민할 시간이 필요하다고만 생각했지 거기까지는 생각하지 못했었다.

지극히 자기 자신만 생각하고 있었다는 걸 유하성은 뒤늦게 깨달았다.

"너무 간 보는 남자는 매력 없어. 인간관계도 그렇지만 남녀 사이도 배려심이 필요해."

"명심하마."

"크흐흐흐! 천하의 유하성에게 내가 조언하는 날이 오다니. 이거 은근히 기분 좋은데."

언제 진지했냐는 듯이 다시 한없이 가벼워지는 이춘상의 모습에 유하성이 실소를 흘렸다.

그러나 이춘상이 한 말은 고스란히 머리에 각인되었다.

'배려심이라.'

차를 들이켜며 유하성은 곰곰이 생각에 잠겼다.

화사한 햇볕이 내리쬐는 연구동은 오늘도 평화로웠다.

날씨는 따뜻했고, 곳곳에는 완연한 봄을 알리듯 가지각색의 꽃이 만개했다.

특히 한쪽은 아예 꽃밭이었다.

여자아이들이 남은 땅에 화단을 만들어 놓은 것이었다.

푸르르르.

거기에 망아지들이 우르르 몰려다니자 볼거리도 풍성해졌다.

이제는 젖을 뗀 모양인지 어미가 없어도 망아지들은 알아서 사람들과 잘 어울렸다.

"까아! 이제 그만해!"

그중 제갈령령은 점박이 무늬를 가진 망아지에게서 도망치는 한 소녀를 유심히 바라봤다.

술래잡기 놀이를 하는 걸로 아는 모양인지 하얀색 점이 동체 곳곳에 박힌 망아지가 신난 기색으로 따라다녔다.

정작 소녀는 망아지가 하도 애정 표현을 해서 도망치는 것이었는데 말이다.

그런데 그와 비슷한 광경이 곳곳에서 벌어지고 있었다.

"허허허! 멈춰 보지 않으련?"

"자자, 이거 먹자?"

다만 상황은 이소향과 사뭇 달랐다.

이소향이 예쁜이라 부르는 망아지의 과한 애정 공세에 도망친다면 다른 이들은 반대로 망아지들을 따라다녔다.

특히 이춘상은 특유의 화려한 경신술로 망아지를 쫓았다.

"평화롭네."

우울할 틈이 없는 광경에 지켜보던 제갈령령이 피식 웃었다.

확실히 아이들과 동물들이 있어서 그런지 활기찬 분위기가 물씬 풍겼다.

어떻게 보면 시끄럽다고도 할 수 있는 상황인데 제갈령령은 이런 것도 썩 괜찮다고 생각했다.

"아, 안녕하세요!"

"응. 잘 잤니?"

"네!"

예쁜이에게서 도망치던 이소향이 뒤늦게 제갈령령을 발견하고는 앞으로 다가와 공손히 인사했다.

두 손을 앞에 모으고 예의 바르게 인사를 건넸던 것이다.

하지만 그 자세는 안타깝게도 오래가지 못했다.

아직 어린 예쁜이가 이소향을 덮치듯이 머리를 비벼서였다.

"예쁜이가 소향이를 진짜 좋아하나 보다."

"근데 부담스러워요."

"난 부러운데?"

제갈령령도 호기롭게 흑풍의 아이들을 노리고 참전했었다.

그러나 안타깝게도 결과는 실패했다.

이유를 모르겠지만 이상하게 그녀에게 다가오는 망아지들이 없어서였다.

그래도 위안이 되는 건 황주연과 금와장 역시 마찬가지라는 점이었다.

'만약 황 소저가 성공했다면 속이 좀 많이 쓰렸을 거야.'

누가 들으면 속 좁다고 말하겠지만 어쩔 수 없었다.

제갈령령도 사람이었으니까.

한 명만 성공하는 것보다는 모두가 실패하는 게 좋았다.

"헤헤. 사실 저도 좋긴 좋아요. 절 좋아해 주는 거니까요. 근데 좀 적당히 해 줬으면 좋겠어요. 아직은 새끼라서 그런지 말도 잘 못 알아듣고."

이소향이 무슨 말을 하든 예쁜이는 다 좋다는 듯이 머리를 비볐다.

그런 예쁜이의 모습에 이소향이 졌다는 듯이 피식 웃었다.

"흑풍이 대단한 거야. 보통 짐승은 사람의 말을 못 알아들으니까. 영물이나 되어야 잘 알아듣지. 그런 점에서 보면 흑풍도 영물이 될 가능성이 높지."

"영물이요?"

"응. 실제로 존재하기도 하고. 만년금구나 만년화리는 안 나타난 지 오래되었지만 그래도 천년금구나 천년오공, 백년자패 같은 건 간간이 모습을 드러내거든."

"우와."

이소향이 두 눈을 초롱초롱하게 빛냈다.

전설처럼 회자되는 영물들이 실존한다고 하자 상상력을 자극했던 것이다.

"말의 수명이 보통 이십오 년에서 삼십오 년 정도이니까 일단 쉰 살까지 살아 있으면 영물이 되어 간다고 봐도 무방하겠지?"

"예쁜이는 오래 살아도 서른다섯 살이 한계라는 말씀이시네요?"

"그렇지."

담담한 제갈령령의 대답에 이소향의 얼굴이 침울해졌다.

벌써 이렇게 친해졌는데 아무리 오래 살아도 삼십오 년밖에 살지 못한다고 하자 아쉬웠던 것이다.

하지만 예쁜이는 그런 이소향의 마음을 모르는지 그저 코를 벌렁거리며 머리를 비볐다.

쓰다듬어 주기를 갈구하듯이 말이다.

"우리 예쁜이."

"벌써부터 걱정하지 마. 삼십오 년이라는 시간이 얼마나 긴데. 소향이가 마흔한 살이 되는 나이야."

"헤에."

이소향의 눈이 커졌다.

예쁜이와의 이별만 생각했지 자신의 나이는 생각하지 않아서였다.

그 모습에 제갈령령이 부드럽게 웃으며 말을 이었다.

"그리고 그땐 소향이도 자식이 있겠지? 예쁜이도 마찬가지고. 사람이나 동물이나 언젠가는 죽는단다. 이건 피할 수 없는 운명이야. 죽음을 거스를 수 있는 존재는 없어. 그러니 하루하루를 뜻깊고 의미 있게 보내야 해. 지나간 시간은 절대 되돌아오지 않으니까."

"네!"

"내가 너무 어렵게 말했나 보다. 그냥 하루하루를 충실히 보내면 된단다. 그것만으로도 소향이는 할 일을 다 한 거야. 예쁜이도 그걸 바랄 테고."

"꼭 그렇게 할게요!"

푸르르.

이소향이 앙증맞은 손으로 목덜미를 부드럽게 쓸어 주자 예쁜이가 눈을 감았다.

따뜻한 손길을 음미하는 것이었다.

"후후."

얌전히 이소향의 손길을 받아들이는 예쁜이의 모습에 제갈령령이 미소 지었다.

소녀와 망아지가 교감하는 걸 보자 미소가 자연스레 지어졌던 것이다.

동시에 계획이 착착 잘 진행되고 있음을 느꼈다.

전술은 정공법만 있는 게 아니었다.

'돌아가는 것도 한 가지 방법이지.'

방어가 견고한데 군이 정면승부를 고집할 필요는 없었다.

중요한 건 성문을 여는 거지 성문을 부수는 게 아니었다.

그래서 제갈령령은 유하성이 아닌 이소향을 공략하기로 결정했다.

제자를 정말 아끼는 만큼 이소향과 친해지면 자신에게 유리할 거라 판단해서였다.

'솔직히 착하기도 하고.'

이제 겨우 여섯 살이라는 게 믿기지 않을 정도로 이소향은 착하고 예의 발랐다.

그 사부에 그 제자라고 외유내강인 성향 역시 비슷했고 말이다.

'내 편으로 만들어서 나쁠 건 없어. 자그마치 패왕의 제자이니까.'

예전에는 수많은 불쌍한 아이들 중 한 명이었지만 지금은 달랐다.

무려 유하성의 제자였다.

때문에 상황이 상당히 재미있게 흘러갔다.

무당파의 제자들이 오히려 이소향을 부러워했던 것이다.

"까아! 간지러워!"

좀 얌전히 있다 싶었는데 다시 장난기가 발동한 모양인지 예쁜이가 눈을 껌뻑이며 달려들었다.

혓바닥을 날름거리며 이소향에게 달려들었던 것이다.

그러자 이소향이 또다시 도망치기 시작했다.

한데 도망치는 이소향의 발놀림이 꽤나 익숙했다.

"태극보인가. 놀면서 수련이라니."

괜히 유하성의 제자가 아니라는 듯이 수련이 일상생활화되어 있는 모습에 제갈령령이 살짝 질린 표정을 지었다.

그러나 더 놀라운 건 이소향이 전혀 힘들어하지 않는다는 점이었다.

오히려 즐기듯이 태극보를 펼치고 있었다.

"가르치는 데도 일가견이 있단 말이지."

제갈령령의 시선이 다른 곳으로 이동했다.

그곳에는 이소향과 마찬가지로 망아지와 함께 뛰어노는 황주성이 있었다.

누나인 황주연은 실패했지만 의외로 황주성은 망아지 한 마리와 친구가 되어 뛰어노는 중이었다.

이소향과 마찬가지로 경신술을 펼치면서 말이다.

"절대 놓칠 수 없어. 어머?"

다양한 사람들이 모여 있었으나 불협화음은 절대 없었다.

그리고 그 이유는 명백했다.

유하성이 있기에 가능한 것이었다.

그걸 너무나 잘 알았기에 제갈령령은 다시 한번 마음을 다잡았는데 그때 작은 기척이 등 뒤에서 느껴졌다.

푸릉?

동시에 익숙한 소리가 들렸다.

바로 망아지 특유의 작고 낮은 투레질 소리였다.

그 소리에 제갈령령이 원래부터 컸던 두 눈을 더 크게 뜨며 천천히 몸을 돌렸다.

혹시라도 망아지가 놀랄까 싶어서였다.

"어머, 어머!"

느릿하게 몸을 돌리자 말간 눈을 껌뻑이며 자신을 지그시 바라보는 흑갈색의 망아지가 있었다.

이소향의 예쁜이도 귀여웠지만 네 개의 발에만 새하얀 털이 나 있어 마치 신발을 신고 있는 듯한 모습에 제갈령령은 시선을 떼지 못했다.

예쁜이보다 몇 배는 더 귀여워서였다.

"아, 안녕?"

망아지를 직접 만져 보지는 못했지만 처음에 어떻게 대해야 하는지는 수도 없이 봤었다.

그렇기에 제갈령령은 망아지와 눈높이를 맞췄다.

하지만 줄 게 없었다.

이런 상황을 예상하지 못했기에 간식이 전혀 없었다.

할짝.

그래서 어쩔 수 없이 빈손을 내밀었는데 놀랍게도 망아지가 그녀의 손을 핥았다.

그러더니 천천히 냄새를 맡았다.

"어머!"

그 모습에 제갈령령은 어쩔 줄을 몰라 했다.

적어도 망아지가 자신을 무서워하지 않는다는 걸 알 수 있어서였다.

그러나 욕심을 내지는 않았다.

망아지의 경계심이 완전히 걷힐 때까지 충분히 기다려 주었다.

쿵쿵.

석상처럼 제갈령령이 가만히 있자 망아지가 좀 더 다가왔다.

섬섬옥수처럼 새하얀 손을 지나 팔을 넘어 어깨의 냄새를 맡았던 것이다.

조금은 뜨끈한 콧김이 이내 얼굴에 닿았지만 제갈령령은 웃었다.

자고로 웃는 얼굴에 침 못 뱉는다는 속담처럼 제갈령령은 최대한 부드러운 분위기를 조성했다.

스윽.

그런 제갈령령의 노력이 닿았는지 망아지가 머리를 비볐다.

예쁜이가 이소향에게 애교를 떠는 것처럼 망아지도 똑같이 행동했던 것이다.

"아아!"

부드러우면서도 조금은 까끌까끌한 망아지의 털이 옷을 통해 느껴지자 제갈령령이 환하게 웃었다.

그토록 바라던 일이 이루어져서였다.

하지만 기뻐하면서도 제갈령령은 마지막까지 긴장을 놓지 않았다.

괜히 다 된 밥에 코 빠트린다는 말이 있는 게 아니었다.

스르륵.

그래서 제갈령령은 조심스럽게, 처음에는 닿을 듯 말 듯 망아지를 쓰다듬었다.

유하성과 이소향이 그랬던 것처럼 목덜미를 부드럽게 쓸어 주었던 것이다.

푸르르르.

제갈령령의 손길이 나쁘지 않은지 망아지가 두 눈을 감았다.

흑풍과 예쁜이처럼 그녀의 손길을 음미했던 것이다.

그 모습에 제갈령령 역시 안도했다.

쿠그그궁.

한데 그때 수많은 마차와 달구지가 나타났다.

선두의 마차를 따라 꽤 많은 달구지가 연구동을 향해 왔던 것이다.

"안녕하세요!"

뒤이어 우렁찬 인사가 연구동을 갈랐다.

익숙한 음성과 함께 구릿빛으로 탄 피부를 가진 청년이 환하게 웃으며 다가왔다.

오랜만에 만난 것이지만 분위기는 묘하게 무거웠다.

특히 서문광이 안절부절못했다.

유하성과 누나인 서문예지를 계속 힐끔거렸다.

"왜 그래? 똥 마려운 개처럼?"

"네?"

"쯧쯧. 네가 눈치를 보니까 서문 소저도 눈치를 보잖아."

"헙!"

그간의 노력을 보여 주듯 서문광의 피부는 옅은 구릿빛으로 변해 있었다.

처음 만났을 때만 하더라도 백면서생처럼 새하얬는데 지금은 달랐다.

제법 사내답게 변해 있었는데 성격은 여전했다.

"오느라 고생하셨습니다."

"아닙니다. 갑작스럽게 연락을 드렸는데 받아 주셔서 오히려 감사합니다."

"인원은 어떻게 됩니까?"

"총 팔십칠 명입니다."

유하성이 따라 주는 차를 두 손으로 받으며 서문광이 대답했다.

그런데 그 말에 이춘상의 얼굴이 사납게 일그러졌다.

책임지기로 했으면 끝까지 책임을 져야 하는데 그렇지가 않아서였다.

그것도 명문대파라고 불리는 곳들이 이러자 이춘상은 씩씩거렸다.

"적진 않군요."

"괜찮으시겠습니까?"

"다행히 빈방이 있어요. 남궁세가의 호위무사들이 사용하고 있지만 양해를 구하면 비워 줄 겁니다. 애초에 아이들을 위한 숙소이기도 하고, 남은 인원은 연구동의 방을 사용하면 될 겁니다."

"방도 문제지만 더 큰 문제가 있습니다."

"금전적인 부분은 걱정하지 않으셔도 됩니다."

유하성이 옅게 웃었다.

무엇을 말하려고 하는지 알아서였다.

"저희도 지원하겠습니다. 큰돈은 아니지만요."

"마음만 받겠습니다."

"여기까지 데려온 걸로 충분해. 이 녀석 부자거든. 거기다 대청표국의 주인인 현승이도 있고. 제갈세가, 남궁세가, 금와장도 지원하니까 금전적인 부분은 걱정할 필요가 없어."

이춘상이 부연설명을 했다.

금전적인 부분은 절대 걱정할 필요가 없어서였다.

게다가 무당파도 가난한 문파는 절대 아니었다.

다른 문파들과 달리 차별도 하지 않았고 말이다.

"다행입니다."

"근데 생각하면 생각할수록 괘씸하네. 이럴 거면 처음부터 한다고 하지를 말든가. 애들 마음 가지고 장난치는 것도 아니고."

"뿌린 대로 거두는 법이야. 지금 당장은 보이는 게 없을지 몰라도."

열변을 토하는 이춘상과 달리 유하성은 담담했다.

각자의 사정이라는 게 있어서였다.

물론 실망한 건 그 역시 마찬가지였으나 이제 와서 어떻게 할 수 있는 건 없었다.

무당파의 제자인 그가 찾아가서 이래라저래라할 수 있는 문제도 아니었고.

"아이들은 분명히 기억할 거야. 내가 그리 만들 거다!"

"그래그래. 그런데 서문 소저께서는 여기까지 어쩐 일이 십니까?"

이춘상의 고개가 서문예지에게로 향했다.

서문광의 방문이야 이상하지 않았다.

중원수호맹 총단에서 같이 지내기도 했을뿐더러 번천회와의 대회전을 같이 치르기도 했다.

그러나 서문예지는 서문세가에 있었기에 유하성은 그녀의 방문이 의아했다.

"한 명 정도는 광이를 챙겨야 할 것 같아서요. 아는 얼굴들이 무당산에 있기도 하고요."

"흐음."

갑작스러운 질문이었음에도 불구하고 당황한 기색 없이

담담히 대답하는 서문예지의 모습에 이춘상이 미심쩍은 표정을 지었다.

하지만 그 부분을 굳이 짚고 넘어가지는 않았다.

때론 굳이 말하지 않아도 될 때가 있어서였다.

대신 무언가를 알고 있는 듯이 서문광이 마른침을 삼켰다.

"알겠습니다. 숙소는 따로 안내해 드리겠습니다. 아시겠지만 손님들이 많아서요."

"빈방이 전혀 없을까요? 저와 누나만이라도 머물고 싶습니다만."

서문광이 조심스럽게 물었다.

여기까지 왔는데 다른 곳에서 머물고 싶지는 않아서였다.

연구동이 무당파 경내에서 제법 떨어진 곳에 위치하기도 했고.

"웬만하면 챙겨 주고 싶은데, 방이 진짜 없어. 남궁세가의 호위무사들도 다른 숙소로 옮겨야 할 판이라."

"그렇군요."

"대신 최대한 가까운 곳으로 잡아 드리겠습니다."

이어지는 말에 서문광이 진심으로 아쉬운 표정을 지었다.

그러나 없는 방을 어떻게 할 수는 없었기에 서문광으로서는 받아들일 수밖에 없었다.

"제가 안내해 드리죠."

"아이들은 내가 안내해 줄까?"

"소향이랑 같이해. 너는 남궁세가 무사들에게 상황 설명해 주고. 아이들은 소향이가 안내하는 게 더 나을 거야."

"하긴. 나보다는 소향이가 더 편하겠다. 안면이 있을 수도 있고."

이춘상이 고개를 주억거리며 자리에서 일어났다.

그러자 서문광, 서문예지 남매도 일어섰다.

한데 둘 다 은근히 궁금한 표정을 지었다.

유하성의 제자가 어떤지 궁금한 것이었다.

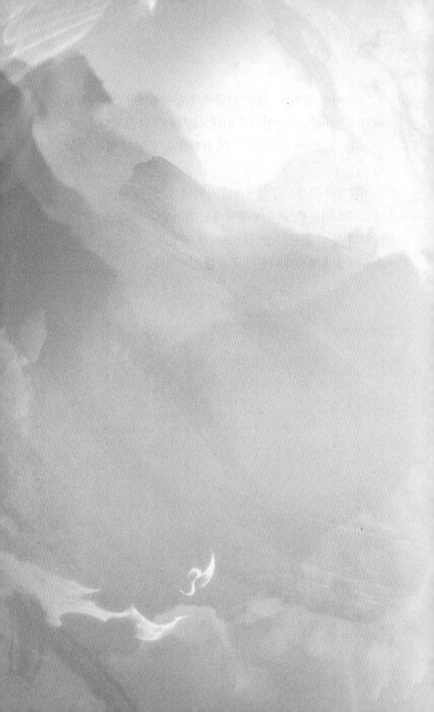

제63장 각자의 관점

"모두 이리로 오세요!"

"자자, 천천히 와요!"

"우선 방부터 배정해 드릴게요! 이인일실이라 두 명씩 짝
지으시면 됩니다!"

새로 온 아이들을 안내하는 건 이소향만이 아니었다.

다른 곳에서 온 팔십칠 명을 위해 이소향과 함께 다른 아
이들도 소매를 걷어붙이고 나섰다.

같은 처지인 것도 있고, 어떻게 보면 외면받은 것이기에
다들 최대한 미소를 지은 채로 안내했다.

그러자 팔십칠 명의 아이들이 어리둥절한 표정을 지었다.

"분위기가, 많이 다른데?"

"그러게. 여기는 다른 세상 같아."

"이럴 줄 알았으면 나도 무당파 온다고 할걸."

"저 아이가 무당패왕님의 제자래. 우리처럼 수용소에 있었다가 무당산에 와서 제자가 되었대."

"정말?"

나름 씻기는 했으나 꾀죄죄한 몰골을 숨길 수는 없었다.

새 옷을 말끔하게 입고 있는 이곳 아이들과 달리 서문광이 데려온 아이들의 복장은 하나같이 기워 입은 흔적들이 가득했다.

이 옷차림으로 지난겨울을 어떻게 보냈을까 싶을 정도였다.

"으음!"

"허어."

거기다 음식도 풍족하게 먹지 못한 모양인지 살이 포동포동한 아이는 찾을 수가 없었다.

하나같이 볼이 움푹 파여 있는 아이들의 모습에 막내 사매를 돕기 위해 합류한 원상과 원호, 원경이 장탄식을 흘렸다.

하지만 이내 세 사람은 표정을 수습하고는 이소향을 도왔다.

짐이라고 할 건 없지만 대신 나눠 줘야 할 게 많았기에 셋은 그 일을 맡았다.

"우와."

武當霸王
무당
패왕

"되게 깔끔하다."

"여기가 우리 숙소야?"

"역시 오길 잘했어."

투박하기는 하지만 그래도 전체적으로 깨끗했다.

이인일실치고는 꽤 넓은 편이었고 말이다.

게다가 생필품이 넉넉하게 채워져 있는 모습에 꼬질꼬질한 아이들의 눈동자에 습기가 서렸다.

숙소다운 숙소의 모습에 다들 감동한 것이었다.

"자자, 우선 간단하게 짐을 풀고 다들 씻자. 따뜻한 물을 준비했으니까 다 같이 씻으면 돼. 물론 남녀 따로 씻을 거야. 속옷이랑 새 옷들 챙기고. 입고 온 옷은 다 버릴 거니까 갈아입을 것만 챙겨 가면 돼."

"가슴가리개가 필요한 사람은 이쪽으로 와요."

원경의 말이 끝나자 이소향과 소녀들이 나지막하게 말했다.

제일 나이 많은 여자아이가 열 살이라고 하나 또래에 비해 성장이 빠른 사람은 존재하는 법이었다.

그래서 이소향은 혹시 몰라 작은 목소리로 여자아이들에게 일일이 물었다.

아무래도 이런 건 남자아이들도 있고, 어른들도 있기에 대놓고 물어보기가 힘들다는 걸 잘 알아서였다.

"저요."

"저도요."

나이는 한참 어리지만 스스럼없이 다가오고, 묻는 이소향의 모습에 말랐지만 키가 큰 소녀들이 하나둘 다가왔다.

눈치를 보듯 조심스럽게 다가오는 소녀들의 모습에 이소향은 친절하게 웃으며 살뜰히 챙겼다.

같은 여자이기에 누구보다 소녀들을 이해할 수 있어서였다.

"역시 우리 막내 사매라니까."

"저렇게 하기가 쉽지 않은데 말이지."

그런 이소향의 모습을 원호와 원상이 흐뭇하게 바라봤다.

꼭 사매라서가 아니라 이소향은 늘 밝고 따뜻했다.

처음 왔을 때부터 말이다.

"다행히 적응은 빨리할 것 같습니다. 지금의 분위기를 보면요."

남자아이들을 맡았던 원경이 다가오며 말했다.

아무래도 여자아이들보다는 남자아이들의 일처리가 훨씬 빨랐다.

신경 쓸 것도 적었고 말이다.

"그래야지. 우리는 다른 문파들과 다르니까."

"애들이 정말 불쌍합니다. 눈칫밥을 얼마나 먹었는지……."

자부심이 가득한 원호의 대답과 달리 원경은 얼굴 가득 안

쓰러운 표정을 지었다.

의기소침한 모습에서 아이들이 어떤 취급을 받았는지 충분히 예상할 수 있어서였다.

죄가 있는 것도 아닌데 아이들은 마치 죄인처럼 눈치를 보고 있었다.

아직 어린 아이들에 불과한데 말이다.

"그러니까 우리가 더 잘 챙겨 줘야지."

"제가 좀 더 신경 쓰겠습니다."

"너만 신경 쓰면 되나. 우리도 같이 해야지."

원호가 고개를 저었다.

누군 하고 누구는 하지 않아도 되는 일이 아니었다.

모두가 같이해야 할 일이었기에 원호는 애써 웃으며 몸을 돌렸다.

남자아이들이 목욕하는 동안 먹을 걸 준비할 생각이었다.

하루 만에 아이들의 외관은 확 달라졌다.

꾀죄죄했던 모습은 완전히 사라지고 다들 말끔해졌던 것이다.

그러나 겉모습은 비슷해도 분위기는 확연히 달랐다.

은연중에 계속 눈치를 봤던 것이다.

"닭장을 직접 관리하는 거예요?"

"네. 나이는 어려도 저희가 할 수 있는 일이니까요. 사슴도 키워 봤는데 사슴은 의외로 사육하기가 힘들더라고요. 공간도 많이 차지하고. 멧돼지 새끼들도 잡았었는데 키우는 건 실패했어요."

"우와."

이소향의 안내에 어제 도착한 아이들이 눈을 빛냈다.

무당산에 닭장이 있을 줄은 몰라서였다.

텃밭은 어제 봤지만 닭장은 숙소의 뒤쪽에 있었기에 다들 신기한 눈으로 닭과 병아리들을 살펴봤다.

"근데 무당파에서 허락한 거예요?"

"네. 만들기 전에 물어봤는데 허락해 주셨어요."

"무공도 배운다면서요?"

이소향은 아이들의 질문에 친절하게 대답해 주었다.

원래 성격이 착하기도 했지만 유하성에게 배운 것도 있었다.

물론 따로 가르친 건 아니고 보고 배운 것이었다.

"맞아요. 건강을 위해서 기본적인 운기토납법과 체조를 하는데 원하면 배울 수 있어요. 현승 오빠를 따라가기로 약속하면 표사들이 익히는 무공도 배울 수 있어요. 시작은 쟁자수부터 해야 하지만요."

이소향의 설명에 남자아이들의 눈빛이 반짝거렸다.

아무래도 환경이 이렇기에 다들 힘을 갈망할 수밖에 없었다.

그래서인지 유독 남자아이들이 관심을 보였다.

"저, 저희도 배울 수 있을까요?"

나이는 한참이나 어렸지만 눈앞에 있는 이소향은 유하성의 하나뿐인 제자였다.

이곳의 실세이자 무림에서는 패왕이라 불리는 무인의 제자였기에 아이들은 나이가 어리다고 해서 함부로 말을 놓지 않았다.

처음에는 같은 처지였을지 모르나 지금은 완전히 달라졌기에 남자아이들은 눈치를 살피며 물었다.

그런데 여자아이들 중에서도 은근히 관심을 보이는 이들이 있었다.

"물론이지. 원한다면 가르쳐 줄 수 있어. 다만 어중간한 마음가짐으로는 안 돼. 나이는 어려도 너희는 선택에 책임을 져야 해. 안타깝지만 거기까지 우리가 어떻게 해 줄 수는 없어. 너희들 인생을 대신 살아 줄 수는 없으니까."

"사부님!"

등 뒤에서 들려오는 익숙한 목소리에 이소향이 활짝 웃었다.

그런데 유하성은 혼자가 아니었다.

백현승과 흑풍, 예쁜이가 함께 있었다.

푸르르르.

쳐 놓은 망으로 인해 닭장 안으로 들어갈 수는 없지만 대신 예쁜이는 얼굴을 들이밀며 이소향에게 반가움을 표현했다.

망만 아니라면 당장 들어가서 몸을 비비겠다는 듯이 말이다.

그 모습에 이소향이 한달음에 다가와 손가락으로 예쁜이의 코를 살살 긁어 주었다.

"아, 안녕하세요!"

반면에 느닷없이 등장한 유하성의 모습에 아이들이 화들짝 놀라며 인사했다.

기합이 바짝 들어간 모습으로 말이다.

성별을 막론하고 깊숙이 허리를 숙이는 모습에 유하성은 웃으며 손을 흔들었다.

그러자 미약한 바람이 불어와 아이들의 몸을 일으켰다.

"우와."

"이런 것도 가능하구나."

위협적인 게 아니라 부드럽게 밀어 주는 듯한 따뜻한 훈풍에 아이들이 신기한 표정을 지었다.

무림고수에 대해서 말은 많이 들었어도 이렇게 직접 겪어 보는 건 다들 처음이었기에 하나같이 눈을 동그랗게 떴다.

특히 남자아이들은 하나같이 선망하는 눈빛으로 유하성을

바라봤다.

"형님께서 말씀하셨다시피 무공을 원한다면 가르쳐 줄 수 있어. 재능이 있다면 여기 소향이처럼 무당파의 제자가 되는 것도 가능하고. 하지만 한 번쯤은 진지하게 생각해 봤으면 해. 무인이나 표사로서의 삶이 보이는 것처럼 화려한 것만은 아니니까. 모두가 다 패왕이 되는 건 아냐. 중원수호맹에 있었으니 이게 무슨 말인지는 알겠지?"

"네에."

딱딱해진 분위기를 풀어 보고자 백현승이 마지막 말에 농담을 넣었다.

그러나 안타깝게도 그의 마음과 달리 분위기는 좀처럼 풀어지지 않았다.

대신 하나같이 뜨거운 눈빛으로 백현승을 쳐다봤다.

유하성의 제자가 되는 건 언감생심 바라지도 않았지만 표사나 쟁자수는 달랐다.

가능성이 있다고 생각했기에 남자아이들은 백현승을 뚫어 져라 바라봤다.

몇몇 여자아이들도 귀를 기울였고.

막막한 하루하루를 살아가는 것보다는 선택지가 하나라도 있는 게 훨씬 더 나았다.

"괜찮아 보여서, 적당할 것 같아서. 이런 마음가짐으로 시작할 바에는 아예 하지 마. 너희들은 아직 어리고 선택지는 많아. 꼭 무공을 익히지 않아도 너희들이 할 수 있는 일은 많아. 이곳에 왔던 아이들 중에는 숙수나 의원, 혹은 객잔을 차리겠다는 포부를 가지고 하산한 아이들도 제법 있어. 그러니까 너무 섣부르게 결정을 짓지는 않았으면 좋겠어."

"시간은 많으니까 우선은 이곳 생활에 적응한 다음에 자신에게 맞는 일을 찾았으면 좋겠구나."

슬쩍 옆으로 다가온 이소향의 머리를 부드럽게 쓰다듬어 주며 유하성이 말을 이었다.

조급해하기보다는 자신의 미래를 제대로 그리고 설계했으면 싶었다.

물론 아직은 어린 아이들이기에 그게 쉽지 않다는 건 알았다.

하지만 안타깝게도 그렇게 해야만 하는 상황이었다.

"쉽게 말해 충분히 고민해 보라는 거야. 무당파가 너희들 미래까지 책임져 주는 건 아니니까. 성년이 될 때까지는 돌봐 주겠지만 그 이후의 삶은 너희들이 하기 나름이야."

"명심하겠습니다."

"궁금한 게 있으면 언제라도 물어보고. 내가 알고 있는 건 다 말해 줄 테니까."

"정말 저희들도 쟁자수나 표사가 될 수 있습니까?"

유하성이 자세하게 설명했음에도 불구하고 역시 가장 궁금한 건 표사와 쟁자수인 듯했다.

정식으로 무공을 가르쳐 준다는 것에 아이들이 혹한 모양이었다.

"물론이지. 그리고 꼭 표사와 쟁자수만 필요한 건 아냐. 서기도 있어야 하고, 셈을 잘하는 사람도 필요해. 의원이나 숙수도 필요하고."

"아."

"다만 그 전에 까막눈은 벗어나야겠지? 우선은 천자문부터 떼고 우리 얘기하자."

"글도 가르쳐 주나요?"

"응. 훌륭한 선생님이 계시지. 그것도 미녀 선생님들이."

아이들의 두 눈이 휘둥그레졌다.

설마하니 글까지 가르쳐 줄 줄은 몰라서였다.

그것도 미녀 선생님들이 가르쳐 준다는 말에 남자아이들의 눈동자가 초롱초롱해졌다.

연구동에 무림삼화 중 한 명인 남궁희수가 있음을 알고 있어서였다.

"이 녀석들 봐라. 미녀 선생님이라는 말에 아주 눈빛이 달라졌는데."

"네가 뭐라고 할 입장은 아닌 것 같은데."

"으윽!"

유하성의 한마디에 백현승이 찌그러졌다.

워낙에 한 말이 많아서 반박할 여지가 없어서였다.

그런데 그 모습에 남자아이들이 동병상련의 눈빛으로 백현승을 바라봤다.

같은 남자로서 백현승의 마음이 이해가 되어서였다.

"오늘부터는 이런저런 일들로 바쁠 거야. 그러니까 마음 단단히 먹어."

"네!"

잔뜩 겁을 주었음에도 의외로 긴장하거나 걱정하는 아이들은 없었다.

오히려 유하성이 이렇게 직접 신경 써 준다는 사실에 다들 감격한 표정을 지었다.

방치당하기만 한 아이들이었기에 되레 이런 관심이 고마웠다.

또 할 일이 있다는 사실에 행복해했다.

"자자, 날 따라와."

그런 아이들을 백현승이 데리고 갔다.

닭장에서 모이는 다 주었으니 이제 기본적인 운기토납법과 체조를 가르쳐 줄 생각이었다.

아직 이소향이나 다른 아이들이 봐주기에는 수준이 그리 높지 않았기에 백현승은 직접 나섰다.

겸사겸사 대청표국에 데려갈 재목이 있나 확인할 생각으로 말이다.

"소향이가 보기에는 어때?"

"다들 착해요. 근데 적응할 때까지는 시간이 좀 걸릴 것 같아요."

"아이들과 함께 잘 도와줘. 알았지?"

"네! 맡겨만 주세요!"

이소향이 유하성을 향해 작은 주먹을 옴팡지게 쥐었다.

이런 일은 자신 있다는 듯이 말이다.

그런 이소향의 모습에 어느새 슬쩍 다가온 예쁜이가 도와 주겠다는 듯이 작은 어깨에 머리를 비볐다.

무항의 방으로 두 명의 사제들이 찾아왔다.

그와 마찬가지로 장로라 할 수 있는 사제들이었다.

한데 무엇 때문인지 표정이 상당히 경직되어 있었다.

탁.

누가 봐도 불편한 표정으로 앉아 있는 두 사제를 보며 무항이 찻잔을 내려놓았다.

그러고는 무거운 눈빛으로 두 사제를 번갈아 쳐다봤다.

"나에게 할 말이 있어서 온 것 같은데."

"할 말이라기보다는, 그냥 말을 할 곳이 없어 찾아왔습니다."

"말을 할 곳이 없다?"

무홍의 말에 무항이 눈썹을 꿈틀거렸다.

설명도 없이 대뜸 그런 말을 하니 이게 무슨 소리인가 싶어서였다.

"사형은 괜찮으십니까?"

"뭐가."

무홍에 이어 무양이 입을 열었다.

그런데 무슨 말인지 알 수 없는 건 매한가지였다.

그래서인지 무항이 불편한 심기를 얼굴에 드러냈다.

"막내 사제 말입니다."

"유 사제?"

"예. 아이들을 도와주는 거, 좋은 일입니다. 도문(道門)의 제자로서 선행을 하는 것은 칭찬해야 마땅한 일이라고 저 역시 생각합니다. 무홍 사제도 그리 생각하고요. 하지만 너무 과하다고 생각합니다. 원래 있던 인원만 해도 이백 명입니다."

"정확하게는 이백 명이었었지. 각자의 길을 찾아 꽤 많이 떠났으니까."

무항은 담담히 대답했다.

일단은 들어 볼 생각이었다.

"그래도 반 이상 남아 있지 않았습니까. 한데 거기에 팔십칠 명이 늘었습니다."

"아이들의 상황이 안타깝기는 하나, 굳이 무당산으로 데려올 필요가 있었나 싶습니다."

"둘 다 아이들이 어떤 대우를 받았는지는 알고 있나?"

무항의 심유한 눈동자가 두 사람을 담았다.

그러나 두 사람은 무항의 눈빛을 읽지 못했다.

그저 하고 싶은 말만 내뱉었다.

"얘기는 들었습니다. 하지만 우리가 모든 아이들을 책임 져 줄 수는 없지 않습니까."

"처음에야 어찌어찌 감당한다고 하지만 시간이 갈수록 손해가 막심해질 것입니다."

"그러니까 아이들을 버리자? 다른 문파들과 같이 우리도 눈치를 줘서 내쫓자는 게냐?"

무항의 눈빛이 날카로워졌다.

하지만 그걸 느꼈음에도 두 사제는 말을 멈추지 않았다.

"당장 그렇게 하자는 게 아니라 순차적으로 줄여 나가는 게 좋지 않겠습니까. 우리 재정 상태도 감안해야지요."

"괜히 다른 문파들이 포기한 게 아니지 않습니까."

"본 파의 재정 상태는 알고 하는 소리더냐."

무홍과 무양이 서로를 돌아봤다.

예상했던 것보다 분위기가 더 안 좋았지만 이미 기호지세 였다.

여기까지 온 이상 물러날 수는 없었다.

"그리 여유롭지는 않은 것으로 알고 있습니다."

"무송에게 직접 물어보았느냐?"

"그건 아닙니다."

"안 물어봤다고?"

무항의 매서운 눈빛이 무양에게 꽂혔다.

베일 것같이 예리한 시선이 무양에게 닿았던 것이다.

고저 없는 담담한 어조인데 그래서 더 서늘하게 다가왔다.

"예에. 하지만 번천회와 전쟁도 있고, 본산이 습격도 당하지 않았습니까. 그로 인한 피해를 생각하면⋯⋯."

"지금 제대로 파악하지도 않고, 그저 짐작한 것을 예로 들어 나에게 말하는 거라고? 둘 다 제정신이냐?"

"그게, 상식적으로 생각하면⋯⋯."

"무송에게 현황을 물어본 다음에 나에게 말하는 게 상식적이지 않나? 난 그게 정상적이고 정석이라고 생각하는데. 두 사제의 생각은 다른가 봐?"

무항은 화를 내지 않았다.

그저 조목조목 짚어서 말했다.

한데 그 말에 무양과 무홍은 대답을 하지 못했다.

"두 사제가 모르는 것 같으니 내가 말해 주지. 본 파의 재정 상태는 아주 양호해. 이건 내가 무송에게 얘기를 들어서 확실하게 말해 줄 수 있다. 두 사람이 생각하는 것보다 아이들에게 들어가는 비용은 적어. 두 가지 이유가 있는데 첫 번째는 대청표국의 소국주가 가장 큰 비용을 대고 있고, 두 번

武當霸王
무당
패왕

째는 유 사제가 거기에 사비를 보태고 있다. 사실 지금 본문에서 들어가는 비용은 극히 적어. 숙소를 짓는 자리만 내준 게 전부라고 해도 과언이 아닐 정도로. 근데 그것도 확인하지 않고 나에게 와서 하소연이라니. 둘 다 대체 무슨 생각이지?"

이어지는 무항의 말에 두 사람이 마른침을 삼켰다.

그러고는 서로를 쳐다봤다.

이럴 줄은 둘 다 예상하지 못했었기에 입술이 바짝바짝 말랐다.

"그게, 그러니까…….."

"내가 알기로 둘 다 아이들을 찾아간 적도 없던데. 그냥 아이들이 싫은 것이냐?"

"아닙니다!"

두 사람이 동시에 대답했다.

하지만 둘의 대답에도 무항의 눈빛은 냉랭했다.

지금의 대답이 진심이 아님을 잘 알아서였다.

"그럼 유 사제가 아니꼬운 건가?"

"……!"

"불평불만이 아주 많다고 하던데. 무엇이 그리 불만이지?"

무항의 싸늘한 시선이 두 사람에게 닿았다.

마치 다 안다는 눈빛으로 둘을 차례대로 쳐다봤던 것이다.

"불만이 있는 게 아닙니다."

"그럼?"

"저는 그저 사문이 걱정이 되어서 사형제들과 이런저런 대화를 나눈 것뿐입니다."

"그래. 걱정을 할 수는 있지. 근데 왜 유 사제를 견제하는 거지?"

흠칫!

무양과 무홍이 몸을 떨었다.

서늘한 무항의 시선에 몸이 절로 반응한 것이었다.

"견제라니요. 절대 그런 게 아닙니다."

"그럼? 지금 이 대화는 무엇을 뜻하는 거지? 내가 맞장구 쳐 주길 바라는 건가?"

황급히 손사래를 치는 무양을 지그시 노려보며 무항이 말을 이었다.

그로서는 이렇게밖에는 생각되지 않아서였다.

"저희의 말은 그런 게 아닙니다."

"맞습니다. 저희는 그저 문파 내의 분위기가 심상치 않다는 걸 말씀드리고 싶었을 뿐입니다. 막내 사제가 조금 걱정되기도 하고요."

"걱정? 견제가 아니라?"

무항이 코웃음을 쳤다.

걱정이라는 말로 잘 포장하려 했으나 그도 귀가 있었다.

두 사제가 어떤 말들을 하고 다니는지 다 알았다.

"막내 사제가 아직 젊지 않습니까. 이립이 넘었다고 하나 아직 혈기왕성한 나이입니다. 거기다 갑작스러운 명성으로 인해 과도한 관심을 받고 있지 않습니까. 그로 인해 혹시라도 실수를 하지는 않을까 걱정이 되어서 사형을 찾아온 것입니다. 사형께서도 알지 않으십니까. 자신감과 자만, 오만은 종이 한 장 차이라는 것을요."

"유 사제도 그럴 수 있다?"

"이미 말이 하나둘 나오고 있습니다. 막내 사제의 활약은 인정하지만, 솔직히 막내 사제는 본 파의 속가제자이지 않습니까. 아무리 무위가 대단하다고 하나 어른들께서 보시기에는 탐탁지 않을 수도 있습니다."

무양의 말에 무홍이 고개를 주억거렸다.

하지만 그 모습에도 무항은 콧방귀를 뀌었다.

"불편하다는 그 어른들이 너희들을 말하는 건 아니고?"

"크흠! 절대 아닙니다!"

"아니긴. 나는 눈과 귀가 없는 줄 아느냐? 너희들 속마음을 내가 말해 줄까? 나이도 어린데 무공도 높고, 명성도 높아. 그런데 배분도 장로들과 같은 배분이고. 거기다 전대 장문인이신 명천 사백께서 직접 챙기시니 걱정이 되고 마음에도 안 들었을 거야. 무당파의 대소사를 결정하는 권한을 지닌 건 장로인 우리들인데 유 사제의 영향력이 점점 커져 가니까. 그게 마음에 안 드는 거야. 모든 제자들이, 속가제자와 진산제자를 막론하고 유 사제에게만 관심이 있으니까. 점점 자신의 권력이 약해진다고 생각하는 거지. 장로인 건 똑같지만 발언권이 약해지는 건 사실이니까."

통렬한 무항의 일침에 무양과 무홍의 얼굴이 시뻘게졌다.

극구 부정했던 사실들을 무항이 적나라하게 드러내서였다.

그러나 둘은 빠르게 표정을 수습했다.

이게 사실일지라도 인정하는 것과 인정하지 않는 것은 다른 문제였다.

"그, 그렇지 않습니다."

"저희는 그렇게 속물이 아닙니다."

"부러운 건 사실이지만, 막내 사제를 그렇게 생각한 적은 없습니다."

"믿어 주십시오, 사형!"

두 사람이 속사포처럼 말을 이었다.

똑같이 억울하다는 표정을 지은 채로 말이다.

"쯧쯧! 그렇게 속이 좁아서야."

하지만 그런 두 사제의 모습에 무항은 혀를 찼다.

청정도문의 제자라는 이들이, 그것도 천하에서 가장 큰 도문이라 할 수 있는 무당파의 장로들이 이렇게나 소인배일 줄은 몰라서였다.

대승적 관점에서 생각한다면, 무당파를 위한다면 절대 이런 말을 할 수가 없었다.

그러나 둘은 도를 수행하는 도인답지 않게 권력을 탐했다.

'그러고 보니 둘 다 무요 사형을 따랐었군.'

징계를 받은 무요, 무정과 곧잘 어울렸던 이들이 앞에 앉아 있는 무양과 무홍이었다.

그걸 뒤늦게 떠올린 무항이 쓰게 웃었다.

"속이 좁은 게 아니라 천지분간을 못 하는 것이지."

"며, 명덕 사숙!"

열린 창문에서 들려오는 차가운 명덕의 목소리에 세 사람이 자리에서 벌떡 일어났다.

특히 무양과 무홍의 안색이 창백해졌다.

말을 들으니 이 자리에서의 대화를 모두 들은 것 같아서였다.

"그렇게 하성이를 쫓아내고 싶더냐?"

"그런 게 아닙니다!"

"아니면? 방금 전의 대화는 뭐지?"

명덕이 느릿하게 창문을 통해 방 안으로 들어왔다.

삼엄한 눈빛을 흩뿌리며 무양과 무홍을 번갈아 쳐다봤던 것이다.

"그, 그러니까⋯⋯."

"하성이가 나대는 게 아니꼽다는 거 아냐, 한마디로. 보기에 거슬리고. 거기다 무요와 무정과 부딪친 일도 있고. 더 정확하게 말해 줄까? 너희 둘은 하성이가 마음에 안 드는 거야. 언제 자신들을 무요와 무정처럼 쳐 낼지 몰라서."

부르르르.

두 사람이 몸을 떨었다.

이어지는 명덕의 말에서 무슨 말을 해도 설득할 수 없음을 느껴서였다.

게다가 명덕은 비청당의 당주였다.

그렇기에 어쭙잖은 거짓말은 통하지 않았다.

"이게 다 내가 부덕한 탓이다. 천하제일문이라는 목표만 보고 달려서 정작 뒤를 살피지 못했어."

"며, 명천 사백!"

명덕이 나타났던 창문에 하나의 그림자가 더 나타났다.

바로 명천의 그림자였다.

명덕에 이어 모습을 드러낸 명천은 얼굴 가득 씁쓸한 표정을 지으며 창문을 훌쩍 뛰어넘었다.

"사백."

"네가 고생이 많다. 어리석은 사제들 하소연 들어 주느라."

"아닙니다."

무항의 입술이 바짝 말랐다.

만약 두 사제의 말에 맞장구를 쳐 줬다면 자기 역시 똑같은 처지였을 게 분명해서였다.

武當霸王
무당패왕

"그렇게 불안했더냐? 문파 내의 일에 관심도 없는 하성이가?"

"……."

북풍한설보다 더한 차가운 명천의 일갈에 무양과 무홍이 고개를 숙였다.

할 말은 많았지만 둘도 알고 있었다.

무슨 말을 하더라도 지금 이 순간에는 변명밖에 되지 않는다는 걸 말이다.

"모자란 놈들. 부족하다면 채울 생각을 해야지 밀어낼 생각부터 해?"

"그게 쉬운 길이니까요. 단숨에 강해질 수는 없지만, 쳐낼 수는 있지 않습니까."

명덕 역시 싸늘한 눈빛으로 두 사람을 노려봤다.

한마음 한뜻으로 노력해도 모자랄 판에 이렇게 초를 치니 분노가 치솟았다.

그러나 한편으로는 이런 생각도 들었다.

오죽 못났으면 이럴까 싶은.

"그 알량한 권력이 그렇게 달콤했더냐. 하성이를 밀어낼 만큼."

"어떻게 하실 생각이십니까?"

"규율대로 할 것이다. 장로라 해서 예외는 없다."

"사, 사백님!"

단호한 명천의 결정에 무양과 무홍이 바닥에 주저앉았다.

그러고는 매달리듯이 무릎걸음으로 명천에게 다가갔다.

하지만 그런 두 사람의 행동에도 명천은 물론이고 명덕의 표정 역시 일절 변화가 없었다.

당장은 번천회와의 전쟁으로 인해 전체적인 전력이 약해졌기에 두 사람이 필요할지 모르나, 크게 보면 둘은 무당파에 해악만 끼칠 게 분명했다.

그렇기에 명천은 물론이고 명덕 역시 단호하게 결정을 내렸다.

비록 당장은 힘들지 몰라도 둘 다 미래를 생각했다.

"데려가."

스슥!

명천의 지시가 떨어지기 무섭게 방 안으로 두 명의 인영이 나타났다.

미리 대기하고 있던 비청당원 두 사람이 무양과 무홍을 제압해서는 데리고 나간 것이었다.

물론 순수하게 실력만 따지자면 당연히 장로인 두 사람이 위였으나 이 자리에는 명천과 명덕이 있었기에 둘 다 반항은 생각하지도 않고 얌전히 끌려갔다.

"여죄가 없기를 바라야 할 것이다."

천천히 끌려가는 무양과 무홍의 등에 대고 명덕이 말했다.

그러나 그는 알고 있었다.

여기까지 온 이상 여죄가 없을 수는 없다는 사실을 말이다.

이미 어느 정도는 파악이 되어 있는 상태기도 했다.

"욕봤다."

"아닙니다. 저도 잘못이 없다고는 하기 힘드니까요."

"사제들을 못 챙긴 잘못? 근데 그렇게 따지면 나도 마찬가지야. 지금 드러난 것들은 다 내가 있을 때부터 이어진 거니까."

명천이 고개를 저으며 무항의 어깨를 두드렸다.

그렇게 잘잘못을 따지면 정말 끝도 없이 윗대로 올라가야 할 터였다.

그리고 모두가 같은 상황이라고 해서 똑같은 선택을 하는 건 아니었다.

충분히 다른 선택을 할 수도 있었지만 무양이나 무홍은 그러지 않았다.

"앞으로는 더욱 노력하겠습니다."

"당연히 그래야지. 이번 일을 기회로 삼자꾸나. 더 나은, 더 깨끗한 무당파가 되기 위해서. 그래야 추후 본 파가 천하제일문이라는 칭호를 얻었을 때 부끄럽지 않을 수 있을 테니까."

"천하제일문."

무항이 다섯 글자를 곱씹었다.

도를 수행하는 도사들이지만 그들은 무인이기도 했다.

그리고 명천이 장문인이었을 당시 늘 부르짖던 목표이기도 했다.

무항 역시 그 꿈을 가슴속에 품었었고.

"나는 실패했지만, 이번에는 다를 거다."

"저도 그렇게 생각합니다."

"그래서 너를 비롯해서 장로들의 역할이 중요해. 나나 명덕을 비롯해서 전대 장로들이 자정작업을 도와줄 수는 있지만 거기까지다. 우리의 시대는 끝났어. 앞으로 다가올 시대는 너희들이 만들고, 이끌어 나가야 해."

"최선을 다하겠습니다. 더해서 이와 같은 일이 다시는 일어나지 않도록 하겠습니다."

무항이 결연한 어조로 말했다.

사실 번천회와의 전쟁 전에 그는 유하성에게 대해 깊게 생각하지 않았다.

안타깝기는 했으나 딱 거기까지였다.

하지만 전쟁이 시작되고 그는 생각이 달라졌다.

중립이라고 해서 옳고 그름을 판단하지 못하거나, 싫은 건 아니었다.

오히려 더욱 객관적으로 볼 수 있었기에 선택은 쉬웠다.

"그래. 그 마음이면 됐다. 하성이를 네가 굳이 챙길 필요는 없다. 네가 챙겨야 하는 아이도 아니고. 그러나 저 아이들

무당
폐왕
武當霸王

처럼은 하지 말았으면 좋겠다."

"명심하겠습니다."

"그럴 일은 없겠지만 혹시라도 이상한 곳으로 가려고 하면 조언은 좀 해 주고."

"알겠습니다."

무항이 옅게 웃었다.

예전의 명천이었으면 그냥 지시만 내렸을 터였다.

그런데 지금은 달랐다.

은근히 체면도 세워 주는 말에 무항은 공손히 대답했다.

"불만 사항이 있으면 언제라도 말해. 속으로 꽁해 있거나 저놈들처럼 뒷담화하지 말고."

"그리하겠습니다."

뒤이어 명덕이 말하자 무항은 알겠다는 듯이 고개를 주억거렸다.

하지만 딱히 할 말은 없었다.

애초에 불만이라고 할 만한 게 없었으니까.

"갈 길이 멀다, 멀어."

"어쩔 수 없습니다. 다 뿌린 대로 거두는 법이지 않습니까."

"나도 알고 있으니까 잔소리 그만해. 애도 보고 있는데."

"무항이 왜 애입니까? 나이가 불혹을 넘고 제자도 있는데."

명덕이 코웃음을 치며 말했다.

아이라고 하기에는 결코 적은 나이가 아니어서였다.

결국 명천은 자리를 떴고, 명덕 역시 피식 웃으며 무항에게 인사하고는 자리를 떴다.

"천하제일문이라."

멀어지는 두 사람의 뒷모습을 응시하며 무항이 중얼거렸다.

소림사가 세워진 이래로 늘 천하제일문파는 소림사였다.

때문에 무당파는 언제나 이인자에 머물러 있을 수밖에 없었다.

그러나 어느 누구도 이인자의 자리를 좋아하거나 만족하지 않았다.

"이번에는."

그리고 그건 무항 역시 마찬가지였다.

그래서 무항은 눈을 빛냈다.

여독을 푼 서문광은 신기한 얼굴로 연무장 주변을 둘러봤다.

곳곳에서 자유롭게 돌아다니는 망아지들의 모습에 놀란 것이었다.

마치 유행처럼 한 마리씩을 데리고 있는 모습에 서문광은 눈을 반짝거렸다.

"전부 다 흑풍의 자식들이래."

"정말?"

"응. 그래서 지금도 노리는 이들이 많다고 하더라고."

"우와."

흑풍은 서문광도 알았다.

용봉회 때 연구동에서 지냈기에 나름 자주 마주쳤었다.

그런데 지금 보이는 망아지들이 흑풍의 새끼들이라고 하자 서문광도 욕심이 생겼다.

"우리도 도전해 볼까?"

"그래도 된대?"

"응. 안 그래도 유 공자님께 여쭈어봤어. 강제로 데려가는 것만 아니라면 괜찮다고 하셨어."

"오오!"

서문광이 눈을 번뜩였다.

강압적인 방법을 사용하지 말라는 전제조건이 있었으나 그건 당연한 것이었다.

말도 짐승이지만 감정과 생각이 있었다.

그렇기에 서문광은 유하성이 허락해 주었다는 사실에 집중했다.

"망아지에게 간택을 받아야 한다는 게 재미있기도 하고."

서문예지의 시선이 멀리서 유하성과 나란히 걷고 있는 제갈령령에게로 향했다.

가장 먼저 무당산에 찾아와서 그런지 그녀의 곁에는 귀여운 흑갈색의 망아지 한 마리가 뒤따르고 있었다.

아빠인 흑풍과 나란히 서서 말이다.

"흑풍의 자식이라면 충분히 도전할 만한 가치가 있지. 흑풍의 피를 물려받았다는 거니까."

"그렇다고 꼭 흑풍처럼 될 거라고 장담할 수는 없지만."

"가능성이 있잖아, 가능성이. 그게 중요한 거지. 그리고 경쟁이 그리 힘든 것 같지는 않은데?"

형제들이 꽤 많이 있어서 그런지 아직 주인이 정해지지 않은 망아지들도 연무장과 연구동 주변을 돌아다니고 있었다.

텃밭과 화단의 냄새도 맡고, 제갈세가와 남궁세가, 금와장의 무사들이 주는 간식도 얻어먹고 있었다.

"근데 만만하게 보면 안 된대. 성공한 사람들보다 실패한 사람들이 많다고 들었어. 흑풍을 닮아서 콧대가 높은 것 같아."

"그래도 해 봐야지. 아이들도 성공했는데."

서문광의 시선이 아이들과 함께 뛰어노는 망아지들에게로 향했다.

정확하게는 이소향을 중심으로 뛰노는 아이들에게로 말이다.

예쁜이와 함께 환하게 웃으며 산길을 달리는 모습에 서문 광은 입가에 미소가 절로 맺어졌다.

"애가 참 밝아. 그치?"

"응. 착하고 예의도 바르고. 그리고 다른 애들도 밝더라 고. 눈치를 은근히 보기는 하는데 우리가 데려온 아이들하고 는 확연히 달라."

"나도 놀랐어."

서문광뿐만 아니라 서문예지도 처음 무당산에 와서 놀랐 다.

두 사람이 데려온 아이들과 무당산에서 생활하는 아이들 의 분위기가 너무나 달라서였다.

비쩍 말라 있는 두 사람의 아이들과 달리 무당산에 있던 아이들은 잘 먹고 잘 자란 태가 났다.

거기다 놀랍게도 스스로의 진로를 대부분 결정한 상태였 다.

"우리가 데려온 아이들도 차차 달라질 거야. 자연스럽게 이곳 분위기에 물들 테니까."

"나도 그럴 거라 생각해."

아직 어린 아이들이기도 했지만 먼저 온 아이들이 정말 친 형제처럼 챙겼다.

새로 온 아이들을 배척하기보다는 마치 친언니, 친오빠처 럼 보듬었기에 서문예지는 마음이 놓였다.

"역시 데려오길 잘한 거 같아."

"나도. 사실 처음에는 쓸데없는 짓을 한다고 생각했는데."

"가만히 내버려 두었으면 아마 다들 버티고 버티다가 도망쳤을 거야. 그리고 골목을 전전했겠지."

"잘했어."

"뭐, 아직 끝난 건 아니지만."

서문광이 짐짓 겸양을 떨듯 말했다.

하지만 마음속으로는 정말 큰 보람을 느끼고 있었다.

불과 하루가 지났을 뿐이지만 아이들의 상태는 어제 막 도착했을 때와 비교하면 확연히 달라져 있었다.

그리고 그 중심에는 이소향이 있었다.

'재능이 엄청나 보이지는 않지만, 분명 무언가 보신 게 있으실 거야.'

소위 말하는 천재처럼 보이지는 않았다.

특별한 무언가가 전혀 보이지 않는다고나 할까.

그러나 서문광은 유하성의 결정을 의심하지 않았다.

재능이 전부가 아님을 잘 알고 있기도 했고.

'크게 봐야지.'

서문광이 눈을 빛냈다.

무문들의 실태에 실망해 아이들을 데려왔지만 그 이유 하나만으로 움직이지는 않았다.

서문광은 이제 단순히 코앞만 보지 않았다.

'내 사람이 필요해.'

서문세가의 후계자였으나 솔직하게 말해 그의 재능은 평범했다.

열심히 노력하고 있었지만 서문광은 알고 있었다.

아무리 노력한다고 해도 유하성이나 이춘상, 남궁준과 같은 이들을 뛰어넘는 건 요원하다는 것을 말이다.

하지만 그렇다고 포기할 생각은 없었다.

최고가 될 수 없다면, 그들의 바로 아래까지는 올라가고 싶었다.

부족한 것이 있다면 다른 것들로 채워서 말이다.

'혼자서 안 된다면 여럿이서 함께하면 돼.'

정점에 오르는 길은 하나가 아니었다.

그걸 서문광은 이춘상, 유하성과 어울리면서 깨달았다.

자신에게는 자신만의 방법이 있다고 말이다.

'대청표국의 소국주 역시 나와 같은 생각이겠지.'

백현승의 소식을 듣고 서문광은 묘한 동질감을 느꼈다.

나이도, 성격도, 배경도 다르지만 그나 백현승은 비슷한 선택을 했다.

"무슨 생각을 그렇게 깊게 해?"

"그냥 이것저것. 역시 무당산에 오니까 생각할 거리가 많네. 자극도 많이 되고."

"욕심만 생기는 건 아니고?"

"욕심도 향상심의 일부분이야. 욕심이 없으면 성장도 없어. 그런데 누나는 괜찮아?"

서문광이 은근한 어조로 물었다.

누나가 어떤 결정을 내리고 이곳에 왔는지 모르지 않아서였다.

물론 잘만 된다면야 그로서도 더할 나위 없이 좋았다.

하지만 상대들이 너무 막강했다.

'어떻게 보면 이겨 내야 하는 상대가 구룡이나 마찬가지니까.'

서문광이 자기도 모르게 마른침을 삼켰다.

상상만 해도 입이 바짝 말라 올 정도로 막강한 상대들이었다.

그러나 이 세상에 쉬운 일은 없었다.

사랑은 쟁취하는 것이기도 했고 말이다.

"뭐가?"

"솔직히 누나의 의견은 아니니까."

"너도 알고 있었잖아. 누리는 게 많은 만큼 의무 역시 크다는 사실을."

"그렇긴 한데, 알고 있었어도 씁쓸한 건 사실이니까."

"난 괜찮아. 그래도 이상한 곳에 팔려 가는 건 아니잖아?"

서문예지가 옅게 웃었다.

황보세가에 비하면 무당파는 아무것도 아니었다.

그리고 서문광은 생각하지 못하고 있지만 명분도 있었다.

상대가 제갈세가, 남궁세가, 금와장이라면 부친도 납득할 수밖에 없었다.

"무슨 대화를 그렇게 심각하게 해?"

"이 소협!"

"보통은 그런 분위기가 있으면 눈치껏 피해 가지 않나?"

능글맞게 웃으며 서문광, 서문예지 남매에게 이춘상이 다가갔다.

그리고 그 뒤로 유하성이 나타났다.

흑풍과 이춘상을 선택한 망아지와 함께 말이다.

황우(黃友)라는 이름을 가진 망아지는 특유의 맑은 눈동자로 두 남매를 번갈아 쳐다봤다.

"난 다르지. 혹시 싸울 수도 있으니까."

"싸우는 분위기로는 안 보였는데."

"하하. 아이들을 보며 이런저런 이야기를 나누고 있었습니다."

갑작스러운 이춘상과 유하성의 등장이었으나 서문광은 놀라지 않았다.

예전부터 이랬던 적이 한두 번도 아니어서였다.

"하루 만에 꽤 달라졌지?"

"예. 밝은 분위기에 물들어 가는 거 같아서 참 보기 좋은 것 같습니다. 제 선택이 틀리지 않은 것 같아서 기분도 좋고요."

"애들을 데려온 건 정말 잘했어. 나도 보고를 받기는 했지만, 어제 그 정도일 줄은 몰랐어."

"저와 누나도 직접 보고 놀랐습니다."

"말이나 글로 듣고 보는 것에는 한계가 있는 법이지."

이춘상의 얼굴에서 장난기가 사라졌다.

대신 씁쓸함이 그 빈자리를 차지했다.

"그래서 느끼는 게 많습니다. 무당파를 본받아야겠다는 생각도 들었고요."

"무당파만?"

"개방은 본받기가 좀……."

서문광이 어색한 표정을 지었다.

개방도 분명 대단한 곳이었지만 서문세가가 본받기에는 약간의 문제가 있어서였다.

물론 그걸 이춘상 역시 알고 있었지만 그럼에도 섭섭하다는 듯이 툴툴거렸다.

"사람이 말이야. 어? 빈말도 좀 하고 그럴 줄 알아야지. 정이 없어, 정이!"

"하하. 개방의 의기는 본받을 생각입니다."

"이제 와서 그렇게 말해 봤자 늦었어."

"아, 그리고 저희도 조금은 아이들에게 도움을 줄 수 있을 것 같습니다. 선택지를 하나 더 늘리는 것으로요."

제64장 할 거면 제대로

서문광이 조심스럽게 운을 뗐다.

갑자기 생각한 건 아니고 백현승과 대청표국에 대한 이야기를 들었을 때 마음먹었다.

오로지 자기만의 사람들을 키우기로 말이다.

서문세가에는 많은 인재들과 무인들이 있지만 그들이 충성을 바치는 이는 그가 아니라 부친인 서문세가주였다.

"선택지라 하심은?"

"서문세가, 정확하게는 저라는 선택지도 제안할 생각입니다."

"감사합니다."

유하성이 빙그레 웃었다.

자신이라는 선택지에서 서문광이 무슨 생각을 하는지 유하성은 단번에 꿰뚫어 봤던 것이다.

　그리고 그건 이춘상도 마찬가지였기에 의외라는 표정 반, 대견스럽다는 표정 반으로 서문광을 바라봤다.

　"짜식. 많이 컸네. 자기 사람 키우겠다고 당당히 선언하기도 하고."

　"저도 성년이니까요. 허울뿐인 소가주가 아니라, 진짜 무인이 되고자 합니다. 목표도 있고요."

　"어떤 목표인데?"

　웅심을 숨기지 않는 모습에 이춘상은 서문광의 자신감을 느낄 수 있었다.

　그러면서 새삼 많이 변화했음을 느꼈다.

　용봉회에서 황보태석 일로 마주쳤을 때와 비교하면 말이다.

　"서문세가를 오대세가에 비견될 정도로 키우는 것입니다. 쉽지 않겠지만, 그래도 노력하면 언젠가는 기회가 오지 않을까요? 하하하."

　"좋네. 사나이가 그 정도 야망은 있어야지. 아주 좋아."

　"감사합니다. 사실 조금 허황된 목표라 남들이 비웃지는 않을까 걱정했거든요."

　"왜 비웃어? 목표는 누구나 가질 수 있지. 그건 누구도 뭐라 할 수 없어. 내 목표는 천하제일인이야. 언젠가는 이 녀석을 넘어서는 게 목표란 말이지."

이춘상이 히죽 웃으며 유하성의 어깨에 팔을 턱 하니 올렸다.

당사자가 옆에 있음에도 야심을 숨기지 않았던 것이다.

오히려 그 말에 서문광과 서문예지가 놀렸다.

"꿈은 크게 가질수록 좋지."

"허어. 마치 내가 못 따라잡을 것처럼 말한다?"

"그럴 리가. 난 널 응원한다."

"말과 달리 자신감이 철철 넘치는데?"

티격태격하는 두 사람의 모습에 서문광과 서문예지만 어쩔 줄을 몰라 했다.

워낙에 사이가 좋긴 하지만 아무래도 자존심이 걸려 있는 문제이다 보니 조심스러울 수밖에 없어서였다.

"네가 야망이 있는 것처럼 나도 있으니까."

"그래. 이참에 네 야망도 들어 보자. 무당패왕의 목표가 무엇인지 말이야."

"저도 궁금합니다."

서문광이 눈을 빛냈다.

유하성의 목표가 무엇인지 그도 궁금했던 것이다.

그리고 서문예지 역시 은근히 유하성을 주시했다.

"돌아가신 사부님께는 목표가 두 개 있으셨어. 하나는 면장과 십단금의 복원이고, 다른 하나는 소림사를 뛰어넘는 것이었지."

"천하제일문!"

이춘상이 씨익 웃으며 소리쳤다.

말을 듣는 순간 다섯 글자가 떠오른 것이었다.

그런데 그 말에 서문광은 가슴이 두근거렸다.

천하제일인과 마찬가지로 천하제일문이라는 단어는 남자의 가슴을 두근거리게 만드는 묘한 힘이 있었다.

"근데 그건 사부님의 꿈이잖아요. 물론 사부님의 꿈을 이뤄 드리는 것도 중요하지만 유 공자님의 꿈은 아니라고 생각해요."

"듣고 보니 맞네. 물려받은 꿈이지 네가 품은 꿈은 아니잖아?"

서문예지의 말에 이춘상이 고개를 주억거렸다.

사부의 목표가 제자의 꿈이 되는 건 이상하지 않았다.

하지만 너무 그것에 매달릴 필요는 없었다.

"내 꿈이라."

"너도 있을 거 아냐. 가슴속에 품은 웅심, 야망, 야심, 목표 같은 게 말이지."

얼른 말해 보라는 듯이 이춘상이 팔꿈치로 가슴을 팍팍 찔렀다.

얼굴 가득 궁금하다는 표정으로 말이다.

서문광과 서문예지도 마찬가지라는 듯이 유하성을 쳐다봤

다.

"있긴 있는데, 말하기는 좀 그러네."

"왜? 어떤 꿈인데?"

"너무 당연한 거라 시시해서."

"시시하다고?"

이춘상이 고개를 갸웃거렸다.

도저히 감이 잡히질 않아서였다.

"응. 나뿐만 아니라 모두가 꾸는 꿈이기도 하고. 어쨌든 저도 서문 공자의 꿈을 응원합니다. 그러니 힘내시길."

"아, 감사합니다!"

더 이상은 말하기 싫다는 듯이 마무리를 지으며 떠나는 유하성의 모습에 이춘상이 입술을 삐죽 내밀었다.

그러나 이미 유하성은 흑풍과 함께 멀어진 뒤였다.

그런 유하성을 향해 서문광은 연신 허리를 숙이고 있었다.

남긴 말이 무언의 허락임을 잘 알아서였다.

푸르륵?

못마땅한 기색이 역력한 이춘상의 곁으로 황우가 다가왔다.

표정이 좋지 않아 보이자 의아해하는 것이었다.

그러더니 이내 간식을 달라는 듯이 애교를 부리기 시작했다.

"으이그. 먹는 게 제일 좋지?"

푸르르르.

자연스럽게 주머니에 코를 박고 킁킁거리는 황우의 모습에 이춘상이 못 살겠다는 듯이 웃었다.

하지만 행동과 달리 이춘상은 자연스럽게 당근을 꺼냈다.

또르륵.

혼자만 있는 방 안에서 남궁준은 차를 따랐다.

이윽고 잔에 차가 채워지며 김이 몽글몽글 올라왔다.

남궁준은 그 모습을 지그시 바라봤다.

"흐음."

차를 따랐음에도 남궁준은 마시지 않았다.

대신 복잡한 표정으로 가만히 찻잔을 응시하기만 했다.

"백화(白花)까지 가세할 줄이야."

남궁준이 두 눈을 감으며 중얼거렸다.

서문세가와 교류가 있다는 사실은 그도 알고 있었다.

하지만 유하성보다는 이춘상과 더 친분이 깊기에 아예 가능성을 배제했었다.

그래서 지금 그는 뒤통수를 맞은 기분이었다.

"이건 정말 예상치 못했는데."

툭. 툭.

남궁준이 중얼거리며 손가락으로 탁자를 두드렸다.

예상치 못한 변수에 그는 당혹스러워하는 것이었다.

그러나 언제까지 이러고만 있을 수는 없었다.

시간은 계속 흘러가고 있었기에 이제는 슬슬 결단을 내려야 했다.

"제갈령령, 황주연, 그리고 서문예지."

두 눈을 뜬 남궁준이 세 여인의 이름을 차례대로 중얼거렸다.

바로 여동생인 남궁희수의 경쟁자들이었다.

제갈령령과 황주연만 하더라도 만만치 않은데 거기에 서문예지까지 참전한 상황이기에 남궁준은 입맛을 다셨다.

무림삼화라고 불리며 미모로는 천하를 진동시키는 게 그의 여동생이었지만 상대가 너무 막강했다.

"서문 소저가 나타났으니 미모만으로는 승산이 없어."

제갈령령과 황주연도 아름다운 외모를 가지고 있었다.

하지만 냉정하게 말해 무림삼화의 일인인 남궁희수와 비교하면 손색이 있었다.

그런데 그 장점이 서문예지의 참전으로 색이 바랬다.

취향의 차이가 있을 뿐 단순히 미모만 따지면 서문예지 역시 남궁희수와 비교해 뒤떨어지지 않아서였다.

"그렇다고 서문 소저를 내가 맡는다고 해서 희수의 승산이 올라가는 것도 아니고."

남궁준이 깊은 한숨을 내쉬었다.

그가 무당산에 온 건 단순히 수련 때문이 아니었다.

그건 표면적인 이유고 실제로는 남궁희수를 도와주기 위해서였다.

경쟁자들의 숫자를 한 명이라도 줄이고자 온 것이었다.

제갈세가나 금와장이라면 그의 혼처로 나쁘지 않았으니까.

그런데 서문예지의 참전으로 모든 게 어그러졌다.

"내가 한 명을 맡아도 두 명이 남으니."

한 명만 상대하는 것과 둘을 상대하는 것은 확연히 달랐다.

그렇다 보니 남궁준으로서는 한숨만 나왔다.

세상일이라는 게 원래 뜻대로 흘러가지 않는다고 하지만 그래도 이건 너무하다는 생각이 들었다.

하지만 언제까지고 한탄만 하고 있을 수는 없었다.

"제갈세가, 금와장, 서문세가."

심호흡을 해서 마음을 가라앉힌 남궁준이 냉정한 표정을 지었다.

애초에 그의 임무는 경쟁자를 한 명 줄이는 것이었다.

그러나 그 일이 무조건 혼인으로 이어지는 건 아니었다.

"잠깐만. 굳이 한 명만 맡을 필요는 없잖아?"

남궁준이 순간 멍한 표정을 지었다.

혼인할 사이라면 한 명만 노리는 게 맞았다.

하지만 단순히 경쟁자를 떨어뜨려 놓는 거라면, 그게 목적이라면 굳이 한 명만 공략할 필요는 없었다.

"나만 한 조건도 없지."

비록 한때기는 했으나 그는 최고의 후기지수라 불렸던 몸이었다.

구룡 중 최강자였으며 남궁세가의 소가주였다.

그렇기에 신랑감으로는 나쁘지 않았다.

"셋 중에 한 명과 혼인하는 것도 나쁘지 않고."

남궁준의 표정이 달라졌다.

방금 전까지 막막했던 기색은 사라지고 묘한 흥분이 떠올라 있었다.

서문예지는 무림삼화 중 한 명이고 제갈령령은 제갈세가주의 딸이었다.

그리고 황주연은 금와장주가 가장 아끼는 여식이었다.

"조건만 따지자면 아무래도 황 소저가 깔끔하지."

미모는 떨어질지 모르나 황주연은 상계의 거물인 금와장주의 딸이었다.

게다가 무림과는 조금 떨어져 있다는 것도 남궁준에게는 좋게 다가왔다.

아무래도 무가보다는 외척의 간섭이 적을 수밖에 없었으니까.

"외모는 당연 서문 소저고."

그런데 황주연으로 마음이 기우는 순간 서문예지의 새하얀 피부가 떠올랐다.

피부 속이 비칠 것 같은 뽀얀 피부에 검은 눈썹, 그리고 큰 눈은 남자의 마음을 뒤흔들기에 충분했다.

"흐읍!"

그러나 서문예지로 마음이 서서히 기울 때 이번에는 제갈령령의 얼굴이 떠올랐다.

지성과 미모를 겸비한 제갈령령은 재녀라고 부르기에 모자람이 없었다.

어떻게 보면 그의 부족한 점을 가장 잘 채워 줄 수 있는 게 제갈령령이었기에 남궁준의 마음은 버드나무의 나뭇가지처럼 크게 흔들렸다.

"하아."

그러자 결국 나오는 것은 깊은 한숨뿐이었다.

짙은 고뇌가 섞인 한숨을 토해 내며 남궁준은 머리를 절레절레 흔들었다.

아무리 생각해도 선택하기가 쉽지 않았다.

"이래서 유 공자도 쉽게 결정을 내리지 못하는 건가?"

처음 유하성을 차지하기 위해 제갈령령과 황주연이 무당산에 갔다는 소식을 들었을 때 남궁준이 가장 먼저 든 생각은 부러움이었다.

어딜 가도 꿀리지 않는 두 여인의 관심을 받는다는 건 같은 남자로서 너무나 부러운 일이었다.

물론 그 역시 뭇 여인들의 관심을 받는 몸이지만 그럼에도 부러운 건 어쩔 수 없었다.

그리고 지금 이 순간 유하성의 심정이 이해가 갔다.

"일단 세 명 다 만나 보고 결정해 볼까. 꼭 만나기 전에 결정해야 하는 건 아니니까."

아무리 고민해도 답은 나오지 않았다.

그래서 남궁준은 일단 한 명씩 만나 보기로 결정했다.

혼자서는 답이 나올 것 같지 않으니 직접 부딪쳐 볼 생각이었다.

똑똑똑.

한데 그때 누군가가 그의 방문을 두드렸다.

갑작스러운 방문에 남궁준은 혼자 깜짝 놀라며 자리에서 일어났다.

그러면서 표정을 재빨리 수습했다.

"누구십니까?"

"저예요, 남궁 공자."

"제갈 소저?"

문 너머에서 들리는 제갈령령의 목소리에 남궁준의 두 눈이 살짝 커졌다.

생각지도 못한 그녀의 방문에 놀란 것이었다.

하지만 놀란 것과 달리 그의 몸은 이미 방문을 열고 있었다.

"갑자기 찾아와서 놀라셨죠?"

"아, 예. 아무래도 이런 적은 처음이니까요."

"숙소와 떨어져 있기는 해도 가까운데 시비를 통해 연락하느니 직접 움직이는 게 빠를 것 같아서요. 얘기를 들어 보니 혼자 계신다고 하고."

남궁준이 열어 준 방문을 지나 안으로 들어온 제갈령령이 화사하게 웃으며 말했다.

그런데 그 말에 남궁준은 이상하게 가슴이 두근거렸다.

방금 전에 했던 상상 때문인지 제갈령령의 말이 의미심장하게 다가왔던 것이다.

알아봤다는 건 달리 말하면 관심이 있다는 걸 뜻했기에 남궁준은 옅은 미소와 함께 자리를 권했다.

"잘 오셨습니다. 안 그래도 혼자 조금 적적했거든요."

"적적하시기보다는 생각할 게 많으신 거 아니에요?"

"예?"

자리에 앉아 차호를 들던 남궁준이 일순 멍한 표정을 지었다.

갑자기 훅 들어오는 공격에 당황한 것이었다.

"남궁 공자께서 여기에 온 이유, 미남계 때문이죠?"

움찔!

떠보려는 게 아니라 확신하듯 말하는 제갈령령의 모습에 남궁준은 자기도 모르게 흠칫거렸다.

연이어 들어오는 공격에 정신을 차리지 못한 것이었다.

하지만 남궁준은 이내 표정을 수습했다.

"하하하. 무슨 말씀을 하시는 건지 모르겠습니다."

"경쟁자를 줄이기 위해 오신 거 다 알아요."

웃는 얼굴로 시치미를 떼는 남궁준을 보며 제갈령령이 씨익 웃었다.

그렇게 아닌 척을 해도 이미 다 알고 있다는 듯이 말이다.

"하아. 역시 제갈 소저군요. 어떻게 아신 겁니까?"

"이 시점에 굳이 남궁 공자가 올 이유가 없으니까요."

"겨우 그것만으로요?"

"역지사지라는 말이 있잖아요. 제가 남궁 공자라고 생각하니 답이 금세 나오더라고요. 솔직히 제갈세가와 금와장이라면 남궁 공자의 혼처로 나쁘지 않은 건 사실이니까요."

남궁준이 질린 표정을 지었다.

마치 그의 속에 들어왔다가 나간 것 같아서였다.

더불어 역시 제갈세가라는 생각이 머릿속을 가득 채웠다.

"······대단하시네요."

"그래서 말씀드리려고 왔어요. 제 생각에 대해서. 적어도 저는 결정을 번복할 마음이 없어요."

"저에게도 선전포고를 하시는 겁니까?"

남궁준이 실소를 흘렸다.

과거 용봉회 당시, 그것도 무당산에서 남궁희수에게 제갈령령이 선전포고를 했었다는 걸 알고 있었기에 남궁준은 실소가 절로 나왔다.

"맞아요. 서로 시간 낭비를 할 필요는 없잖아요. 또 괜히 의심받고 싶지도 않고요."

"벌써 그렇게 좋아하시는 겁니까?"

"네. 지금은 좋아하는 감정보다는 존경하는 마음이 살짝 더 크긴 하지만요."

"하하하."

시작도 하기 전에 완패한 느낌에 남궁준이 웃음을 흘렸다.

그런데 이상하게도 씁쓸하기보다는 개운한 느낌이 들었다.

세 개의 선택지가 두 개로 줄어든 느낌이라고나 할까.

"한마디 더 하자면 다른 두 사람도 쉽지는 않을 거예요."

"저 남궁세가의 소가주입니다만."

"맞아요. 아주 훌륭한 조건을 가지고 계시죠. 실력도 있으시고, 인품도 뛰어나시고. 순수하게 조건만 생각하면 오히려 남궁 공자가 더 나으시죠."

제갈령령이 싱긋 웃었다.

그러나 추켜세워 주는 그녀의 말에도 남궁준은 얼굴을 구겼다.

저렇게 말해도 결국 선택은 그가 아닌 유하성이었기 때문이다.

거기다 남궁준은 왜 제갈령령이 유하성을 선택했는지도 알고 있었다.

"그렇게 말씀하셔도 다 압니다. 저 말고 유 공자를 선택한 이유를요."

"각자의 사정이라는 게 있으니까요."

"이런 기분은 처음입니다. 태어나서 누군가에게 열등감을 느껴 본 적이 없는데."

남궁준이 진심으로 씁쓸한 표정을 지으며 나지막하게 한숨을 내쉬었다.

언제나 최고, 혹은 최고에 가까운 자리에 있었던 게 그였다.

경쟁자들은 늘 있었지만 마지막에 웃는 건 항상 그였었다.

하지만 유하성과 이춘상의 등장 이후로 그는 크게 밀려났다.

"너무 그렇게 생각하지 마세요. 유 공자님이나 이 소협은 남궁 공자보다 나이가 제법 많잖아요. 배분도 차이가 있고."

"전혀 위로가 되지 않습니다만."

"그렇다고 포기하시진 않을 거잖아요?"

"당연하죠."

서로 보아 온 세월만 십 년이 훌쩍 넘었다.

그렇기에 제갈령령의 말에도 남궁준은 크게 기분 나빠 하지 않았다.

잘 모르는 이가 그녀처럼 말했다면 화를 냈겠지만 서로 너무나 잘 알았기에 남궁준은 피식 웃으며 고개를 주억거렸다.

자신도 그렇지만 제갈령령의 상황도 썩 좋기만 한 건 아니기도 했고.

"힘내세요."

"지금은 제가 비록 뒤처져 있지만, 나중에는 다를 겁니다."

"응원할게요."

"저도 제갈 소저를 응원하겠습니다. 아마 쉽지는 않을 겁니다."

"사실 위로를 받아야 하는 건 저인데 말이죠."

제갈령령이 싱긋 웃었다.

현재 처지는 남궁준보다 그녀가 훨씬 안 좋았다.

남궁준은 경쟁자가 없지만 제갈령령에게는 막강한 경쟁자가 무려 세 명이나 있었으니까.

그렇다 보니 제갈령령의 미소는 이내 처연해졌다.

"그럼 방향을 트는 건 어떻습니까?"

"싫어요. 제가 좋아서가 아니라 여동생을 위해서잖아요?"

"아주 조금은 제갈 소저에게 흠모의 감정을 가지고 있습니다만."

"저한테는 오빠 친구로밖에는 느껴지지 않아서요."

"크흡!"

남궁준이 황급히 입을 막았다.

차를 들이켜다가 사레가 들려서였다.

하지만 다행히도 콧구멍으로 차가 넘어오지는 않았다.

"그럼 저는 이만 일어날게요."

"벌써부터 시간 관리 하시는 겁니까?"

"물론이죠. 과년한 처녀가 혼자 남자의 방에 오래 머무르는 건 좋지 않으니까요. 불필요한 염문설은 미연에 방지하는 게 제일 좋죠."

"하하하하."

진짜 조금의 여지도 두지 않는 제갈령령의 모습에 남궁준은 웃음만 나왔다.

그러면서 한편으로는 아쉬운 마음도 들었다.

내 여자가 저런다고 하면 정말 기쁠 것 같다는 생각이 문득 들어서였다.

"차는 잘 마셨어요. 다음에 봐요, 남궁 공자."

"조심히 가시길."

"네."

짧은 묵례와 함께 제갈령령은 단숨에 방문을 열고 나갔다.

정말 일말의 망설임도 없이 단호하게 그의 방을 떠난 것이었다.

그러나 그녀가 떠났음에도 남궁준은 한동안 방문에서 시선을 떼지 못했다.

　　"이런 자리는 처음인 거 같은데."

　　유하성의 방을 찾은 이춘상이 불안한 눈으로 나란히 앉아 있는 황주연과 제갈령령을 힐끔거렸다.

　　두 여인 다 가만히 앉아 있었음에도 불구하고 이춘상은 폭풍전야와도 같은 느낌을 받았다.

　　언제 터져도 이상하지 않은 느낌이라고나 할까.

　　그런데 이춘상의 걱정과 달리 두 여인의 표정은 담담했다.

　　"내가 보기에도."

　　"……난 왜 부른 거야?"

　　"네가 필요하니까?"

　　"이럴 때만 내가 필요하지?"

　　이춘상이 깊은 한숨을 내쉬었다.

　　그러고는 떨리는 손으로 찻잔을 들어 올렸다.

　　"불안한 척은 그만하고. 네가 왜 불안해?"

　　"난 남의 연애사에 끼어들고 싶은 마음이 없어."

　　"구경만 하겠다고?"

　　"당연하지. 원래 싸움 구경이랑 불구경이 제일 재밌는 법이야."

두말할 필요가 있냐는 듯이 이춘상이 곧바로 대답했다.

그 만담 같은 두 사람의 모습에 제갈령령과 황주연은 작게
웃었다.

언제 봐도 참 잘 어울린다는 생각이 들어서였다.

특히 간간이 먹히는 이춘상의 반격이 아주 재밌었다.

"하긴. 풀 수 있는 방법이 감정이입밖에는 없으니까."

"지금 싸우자는 거지?"

이춘상의 눈썹이 치켜 올라갔다.

반격이 제대로 먹힌 것이었다.

그 모습에 제갈령령과 황주연이 손으로 입을 가렸다.

"가만히 당하기만 하는 건 내 성격상 힘들어서."

"아이고, 내 처지야."

"이제 그만 슬슬 본론으로 들어가 보자고. 두 분 다 바쁘
신 분들이니."

"전 안 바쁜데요?"

"저도요."

유하성의 말에 제갈령령과 황주연이 반박했다.

처리해야 하는 일이 있는 건 사실이지만 그렇다고 빡빡할
정도로 바쁜 건 아니었다.

더욱이 둘 다 목표가 유하성이니만큼 이런 자리는 일부러
만들어야 하는 입장이기도 했다.

여기서 두 명만 없었다면 더더욱 좋았을 테고 말이다.

찌릿!

그 생각을 동시에 했는지 황주연과 제갈령령의 시선이 허공에서 부딪쳤다.

하지만 그 눈싸움은 창졸간에 사라졌다.

남자들이 느끼지 못하는 사이에 시작하고, 끝났다.

"본론 좋지."

"슬슬 번천회에 대해서 들을 때가 된 것 같아서. 정확하게는 정보 교환이지."

"흐음. 하긴."

제갈령령과 황주연을 차례대로 바라보며 이춘상이 고개를 주억거렸다.

제갈세가와 금와장도 정보력으로는 알아주는 곳이었다.

특히 금와장의 경우 상계에 한해서는 개방 못지않은 정보력을 가지고 있었다.

제갈세가 역시 무림세가 중에서는 손꼽히는 정보력을 지니고 있었고.

"저부터 말씀드릴게요. 최근에 입수한 소식인데 벽력문의 터를 발견한 거 같아요. 근데 문제가 있어요."

"뒤는 제가 말할 수 있겠네요. 싹 다 날려 버렸어. 화탄 수십 개로."

포문을 열듯 황주연이 먼저 입을 열었다.

그리고 그 뒤를 이춘상이 받았다.

안 그래도 어젯밤에 그 역시 연락을 받은 상태였다.

"증거인멸?"

"그럴 가능성이 가장 크지. 나도 그렇게 생각하고."

"흐음."

유하성이 눈썹을 꿈틀거리며 탁자를 두드렸다.

아무리 생각해도 증거인멸밖에는 떠오르는 게 없어서였다.

더불어 벽력문이 완전 끝까지 몰려 있다는 걸 뜻했다.

화탄을 제조해야 하는 벽력문이 본거지를 날려 버렸다는 건 궁지에 몰리다 못해 싸움을 포기했다는 뜻과도 같았다.

"물론 재고가 어느 정도는 있을 거야."

"연막작전일 수도 있지."

유하성은 고개를 저었다.

궁지에 몰려 설비가 있는 본거지를 날려 버렸을 수도 있지만 그 반대일 수도 있었다.

시선을 일부러 한곳에 쏠리게 만들어 진짜 본거지를 숨기려고 말이다.

그런데 그 말에 이춘상과 황주연이 고개를 저었다.

"우리도 그 생각을 안 한 건 아냐. 그래서 터진 곳을 전부 다 헤집어서 확인해 봤는데 본거지일 가능성이 7할 이상이야."

"저희가 조사한 바로도 그래요."

"자존심 상하지만 개방이 두 시진 늦었어."

이춘상이 툴툴거렸다.

금와장의 정보조직보다 조금 늦었다는 사실에 자존심이 많이 상한 모양이었다.

"아예 음지로 들어갔다고 봐야겠군요."

"예. 달리 말하면 더 이상의 싸움을 포기했다고 봐도 무방할 거 같아요."

"그럼 남은 곳은 하오문, 흑점, 귀단문이군요."

황주연의 말을 들으며 유하성이 세 곳을 거론했다.

시간이 흘러감에 따라 하나둘 정리가 되어 가고 있었지만 가장 큰 난적이라 할 수 있는 귀단문의 위치는 여전히 알 수 없었다.

폭정단과 폭혈단의 등장은 서서히 줄어들고 있었지만 문제는 여전히 막강한 힘을 발휘하는 귀단문도였다.

남아 있는 그들로 인해 정도무림의 피해는 여전했다.

"그래도 이 추세라면 올해 안에는 마무리가 될 것 같아. 언제까지나 중원수호맹을 유지할 수는 없으니까. 운영비가 한두 푼도 아니고. 괜히 무문들과 무가들이 돈 없다고 아우성치는 게 아니야."

"전쟁에 들어가는 돈은 어마어마하니까."

"다른 소식도 있어. 하오문과 흑점이 비밀리에 중원수호맹에 연락을 해 왔어. 항복할 테니 목숨만은 살려 달라고 말이지."

이춘상의 말에 제갈령령과 황주연의 두 눈이 화등잔만 하게 커졌다.

예상치 못한 제안에 두 사람 다 놀란 것이었다.

"진짜로?"

"응. 둘 다 하오문주와 흑점주의 직인이 찍혀 있었어."

"독은 안 묻어 있었대?"

"그 정도는 당연히 확인하지. 일독문이 십천 중 하나였는데. 지금은 멸문지화를 당했다고 하나 독이 남아 있을 수도 있으니까. 근데 결과적으로 받아들이지는 않았다고 하더라고. 이제 와서 항복한다고 굳이 살려 줄 필요는 없으니까. 하오문주와 흑점주를 죽인다고 해도 새로운 하오문주와 흑점주가 나타나겠지만 그래도 끝은 확실하게 맺어야지. 이번 전쟁으로 죽은 이들을 생각해서라도."

"그렇지."

이성적으로는 이쯤에서 항복을 받고 전쟁을 마무리하는 게 맞았다.

하지만 세상일이라는 게 꼭 이성적으로만 굴러가지는 않았다.

당한 만큼 갚아 주는 게 무림의 법도이기도 했고.

그래서 대답은 당연히 거절이었다.

"이빨을 드러낸 맹수는 확실하게 처리해야 뒤탈이 없는 법이지."

"항복이라는 패까지 꺼냈다면 진짜 끝이 머지않았네. 귀단문도 언제까지고 버티기는 힘을 테고."

"이제는 미래를 준비해야지. 이기긴 했으나 피해가 크니까. 그래서 새외무림의 정세도 예의주시하고 있어."

이춘상의 시선이 황주연에게로 향했다.

아무래도 상계의 거물인 금와장인 만큼 새외 쪽의 상황에 대해서도 잘 알고 있을 것 같아서였다.

물론 상인들이기에 새외무림의 정세에 대해서 알아내는 게 한계가 있겠지만 그래도 상행을 하며 듣는 것들이 꽤 많을 게 분명했다.

"아직까지 별다른 움직임은 없어요. 얻는 정보도 한계가 있고요."

"그렇습니까."

"본 가에도 부탁해 볼게요."

기대를 하기는 했으나 그렇다고 크게 기대한 건 아니었다.

황주연의 말마따나 상인들이 얻는 정보와 무림의 정보는 다를 테니까.

대신 제갈령령이 힘을 보탰다.

"감사합니다, 제갈 소저."

"별말씀을요. 그리고 유 공자님께도 드릴 말씀이 있어요."

"말씀하시죠."

정보에 대해서는 유하성이 할 말이 없었다.

무당파에도 비청당이라는 정보조직이 있었으나 안타깝게도 유하성에게 비청당을 움직일 권한은 없었다.

그래서 잠자코 있는데 제갈령령이 두 눈을 반짝거리며 그를 바라봤다.

"아직 말을 꺼내지는 않았지만 유심히 보고 있는 아이들이 있어요. 그들을 제갈세가로 데려가도 될까요?"

"결정권은 아이들에게 있습니다만."

조용히 차를 홀짝이던 유하성이 살짝 당혹스러운 표정을 지었다.

서문광도 그렇고 왜 다들 자신에게 허락을 받으려고 하는지 이해가 되지 않아서였다.

보호자인 건 맞지만 그렇다고 아이들의 진로를 결정할 권한이 있는 건 아니었기에 유하성은 떨떠름한 표정으로 대답했다.

"그래도 미리 말씀은 드려야 할 것 같아서요. 아이들이 제일 의지하는 사람이 유 공자님이시잖아요. 두 번째가 이 소협이시고."

"크흠!"

막 입을 열려던 이춘상이 헛기침을 했다.

마치 그의 생각을 읽은 것처럼 제갈령령이 말을 이어서였다.

동시에 이춘상은 다시 한번 감탄했다.

유하성의 선행으로 인해 정말 많은 이들의 운명이 달라져서였다.

'이게 바로 선한 영향력인가.'

만약 유하성이 수용소의 아이들을 챙기지 않았다면, 결단을 내리지 않았다면 아이들의 삶은 지금과 완전히 달랐을 터였다.

이런 기회조차 얻지 못하고서 길거리나 뒷골목을 전전했을 게 분명했다.

하지만 유하성의 결단으로 인해 아이들의 인생은 완전히 달라졌다.

대청표국, 서문세가, 거기에 제갈세가까지.

특히 화룡점정은 이소향이었다.

아무도 신경 쓰지 않았던 이소향은 무당패왕이라 불리는 유하성의 제자가 되었다.

'암만 봐도 거기까지 생각한 건 아닌 것 같지만 말이지.'

시작은 동정과 연민이었다.

아무도 책임지지 않는 현실에 분노한 것이기도 했고.

그런데 그 결정 하나가 수많은 아이들의 미래를 바꾸었기에 이춘상은 생각이 많아졌다.

"제갈세가에서 탐을 낼 만한 재목들이 있던가요?"

"본 가는 재능보다는 인성을 더 중요시해서요. 물론 무인에게 있어 재능은 무엇보다 중요한 부분이지만 그보다는 믿을 수 있는 사람이 더 가치 있다고 생각하거든요. 또 미래는 모르는 것이기도 하고요."

"그렇지요."

마지막 말이 자신을 빗대어 말한 것이라는 사실을 알았기에 유하성이 실소를 흘렸다.

그러나 부정하지는 않았다.

단순히 재능만으로 모든 게 정해진다면 그와 같은 무인은 나타나지 못했을 것이었다.

그리고 천하제일인은 구파일방과 오대세가에서만 나왔을 것이다.

"거절하면 깔끔하게 포기할 생각이에요. 각자 그리는 꿈들이 다를 테니까요. 그래도 나름 최선을 다할 생각이지만요."

"저야말로 아이들을 좋게 봐주어서 감사합니다."

"에이, 뭘요. 저 역시 본 가를 위해서인데요. 아직 확정된 것도 아니고요."

제갈령령이 빙긋 웃었다.

꼭 아이들을 위한 결정만은 아니어서였다.

그녀가 노리는 건 하나가 더 있었기에 제갈령령은 의미심장하게 웃었다.

"이제 나는 슬슬 빠져도 될 것 같은데. 중요한 이야기는

다 한 것 같으니.”

“왜 도망가?”

“도망이라니. 나 바쁜 사람이다. 할 일이 많아.”

“소향이 말은 다르던데. 매일 빈둥빈둥 황우하고 놀기만 한다던데?”

“어허! 너무 깊게 파고들지 마!”

이춘상은 부리나케 일어났다.

싸움 구경도 좋지만 그것도 적당한 거리가 있어야 했다.

이 자리는 너무나 가까웠기에 이춘상은 물러나는 쪽을 선택했다.

아직 두 명이 빠져 있는 상태이기도 했고.

후다닥!

마지막 말은 메아리처럼 들릴 정도로 이춘상은 순식간에 방을 벗어났다.

그 모습에 유하성은 실소를 흘렸지만 두 여인의 눈빛은 달랐다.

기회를 포착한 암사자와 같은 얼굴로 유하성을 지그시 바라봤다.

어둠이 짙게 내린 밤, 가녀린 인영 하나가 빠르게 유하성의 처소로 접근했다.

암살자처럼 일절 소리 없이 출입구까지 도달했던 것이다.

스윽.

커다란 구름에 잠시 가려졌던 반달이 모습을 드러내고 유하성의 처소에 도착한 인영의 얼굴을 비췄다.

그러자 생각지도 못한 얼굴이 드러났다.

놀랍게도 남궁희수가 문 앞에 서 있었던 것이다.

평소와 달리 헐렁한 장옷을 걸친 모습으로 유하성의 처소 앞에 선 남궁희수는 결연한 얼굴로 손을 들었다.

'확실하게 하기 위해서는 이 수밖에 없어.'

남궁희수가 단호한 얼굴로 마음을 다잡았다.

결정을 내렸다면 망설일 필요가 없었다.

시간을 끌어 봤자 불리한 건 자신이라는 사실을 그녀는 잘 알았다.

어중간한 마음가짐으로는 어중간한 결과만 나온다는 것도 말이다.

스으윽.

그래서 남궁희수는 결단을 내렸다.

사랑은 쟁취하는 것이라는 말처럼 보통 여인이라면 하기 힘든 선택을 그녀는 했다.

승리하기 위해서는 때론 과감한 행동력이 필요했다.

"남궁 소저?"

"어?"

하지만 문을 두드리려던 남궁희수의 손은 허공에서 멈출 수밖에 없었다.

등 뒤에서 들려오는 익숙한 목소리에 남궁희수는 퍼뜩 놀라며 고개를 돌렸다.

그러자 두 눈을 동그랗게 뜨고서 그녀를 바라보는 서문예지가 보였다.

한데 그녀의 옷차림이 이상했다.

"어?"

서문예지 역시 그걸 눈치챈 듯 동공이 흔들렸다.

두 사람의 옷차림이 놀랍도록 흡사해서였다.

그래서 두 여인은 상대가 무엇을 노리고 찾아왔는지 알아차렸다.

"서문 소저가 이럴 줄은 몰랐네요."

"저도 마찬가지예요."

놀람은 잠시뿐이었다.

이내 두 여인은 서로를 매섭게 쏘아봤다.

여기까지 온 이상 목적은 명백했기에 두 여인은 팽팽한 신경전을 벌였다.

그러면서 속으로는 정말 깜짝 놀랐다.

'이렇게 나온단 말이지?'

'천하의 남궁희수가 이럴 줄이야.'

하지만 둘 다 놀란 마음을 얼굴에 드러내지는 않았다.

대신 매서운 눈빛으로 상대를 노려봤다.

끼이익.

"이 시간에 여긴 어쩐 일이십니까?"

그때 문이 열리며 유하성이 모습을 드러냈다.

기척도 기척이지만 두 여인의 목소리에 밖으로 나온 것이었다.

"유 공자님."

"유, 유 공자님."

유하성의 처소 앞인데도 두 사람은 그의 등장에 놀랐다.

각오를 하긴 했으나 마음의 준비가 아직 덜 된 상태였기에 두 여인의 눈동자가 크게 흔들렸다.

그러나 가장 놀란 건 누가 뭐래도 유하성이었다.

자정이 훌쩍 지난 야심한 시각에 남궁희수와 서문예지가 말도 없이 찾아오자 유하성은 당혹감을 감추지 못했다.

"음?"

거기다 유하성을 더 당황하게 만드는 건 두 사람의 옷차림이었다.

둘 다 마치 약속이라도 한 듯이 헐렁한 장삼을 걸치고 있었는데 그 안에는 얇은 나삼을 입고 있었다.

휘이이잉.

때마침 불어온 바람에 두 사람 다 한기를 느낀 모양인지 어깨를 움츠리자 유하성은 어쩔 수 없다는 듯이 나직하게 한숨을 쉬고는 문을 활짝 열었다.

일단 손님이기도 하고, 혼자가 아니기에 유하성은 두 여인을 처소로 들였다.

또르륵.

묘한 긴장감과 함께 무거운 침묵이 실내를 가득 채웠다.

오죽했으면 차를 따르는 소리가 천둥소리처럼 들릴 정도로 조용했다.

하지만 그럼에도 남궁희수와 서문예지는 연신 서로를 힐끔거렸다.

"일단 드시죠."

"감사합니다."

"잘 마시겠습니다."

여전히 장삼을 외투처럼 걸친 상태로 두 여인이 조신하게 대답했다.

옷차림과는 어울리지 않게 말이다.

그러나 유하성은 그 부분에 대해서는 일절 묻지 않았다.

묻는 순간 민망해질 게 분명해서였다.

'이렇게 저돌적으로 나올 줄은 몰랐는데.'

어깨를 짓누르는 것 같은 무거운 침묵에 유하성이 속으로 한숨을 쉬었다.

설마하니 이런 식으로 달려들 줄은 몰라서였다.

그것도 그냥 여인도 아니고 무림삼화 중 두 명이었다.

천하무림에서 가장 아름다운 여인 셋 중에 두 명이 그의 마음을 얻기 위해 나삼에 장삼만 걸친 채 야심한 밤에 찾아왔다.

아마 이 사실이 알려지면 엄청난 소란이 일 것이다.

그리고 서문예지와 남궁희수는 유하성 말고 다른 남자와는 결혼할 수 없게 될 터였다.

'달리 말하면 그 정도로 모든 걸 걸었다는 뜻이기도 하지.'

배수진을 뛰어넘어 뒤가 없는 육탄돌격을 선택한 두 여인의 모습에 유하성은 실소가 흘러나왔다.

다른 사람도 아니고 두 사람이 이럴 줄은 정말 꿈에도 예상하지 못해서였다.

그나마 서문예지는 어느 정도 이해가 가기는 했지만 남궁희수는 정말 의외였다.

"유 공자님."

따뜻한 차를 한 모금 들이켠 서문예지가 입을 열었다.

유하성을 똑바로 바라보며 그를 불렀던 것이다.

"오늘 이 자리는 기억에서 지우겠습니다. 그러니 두 분께서도 차를 다 드시고 돌아가셨으면 좋겠습니다."

유하성이 완곡하게 거절했다.

두 여인이 기분 나쁘지 않게 에둘러 말했던 것이다.

그러나 유하성의 배려에도 불구하고 서문예지나 남궁희수는 대답을 하지 않았다.

오히려 깊게 가라앉은 눈동자로 유하성을 뚫어져라 바라봤다.

"지우신다고 해도 있었던 일이 사라지지는 않습니다."

"만약 오늘 일을 누군가 말한다고 하면 제가 따로 불렀다고 정리하겠습니다. 그러니 이만 돌아가시지요."

"여기에 오기로 마음먹은 순간부터 물러나는 건 생각도 하지 않았습니다."

"저도 마찬가지입니다."

서문예지에 이어 남궁희수도 말했다.

아예 시작을 안 했다면 모를까 이제는 돌이킬 수 없었다.

더욱이 혼자라면 모를까 서문예지까지 알게 된 마당에 물러나는 건 말이 되지 않았다.

기호지세라는 말처럼 여기까지 온 이상 결판을 내야 했다.

"제가 어떤 마음가짐으로 유 공자님을 찾아왔는지, 알고 계실 거라 생각합니다."

서문예지는 남궁희수에게는 일절 시선을 주지 않았다.

오직 앞에 앉은 유하성만 바라봤다.

하지만 매달리는 건 아니었다.

있는 그대로, 진심을 담아서 눈을 마주하며 말했다.

"지금 제 대답을 듣고 싶은 겁니까?"

無當
무당
패왕
覇王

"······!"

서문예지의 눈동자가 일순 흔들렸다.

지금의 말에서 불길한 기분이 들어서였다.

그리고 그건 남궁희수 역시 마찬가지였다.

이 옷차림이 무엇을 의미하는지 잘 알 텐데도 유하성의 눈빛과 표정은 조금의 미동도 없었다.

그것이 말해 주는 건 하나였다.

이미 완곡하게 거절을 말하기도 했기에 남궁희수는 마른침을 삼켰다.

"서두를수록 일을 망치는 경우도 있습니다."

"그럼 한 가지만 묻겠습니다. 이 대답을 듣고 저도 결정하겠습니다."

유하성의 눈동자가 아주 조금 흔들렸다.

평소와 달리 기백 넘치는 서문예지의 모습에 가슴이 아주 조금 두근거렸다.

"말씀하시죠."

"저는 제 모든 걸 걸고 이렇게 유 공자님을 찾아왔어요. 그러니 유 공자님께서도 진심으로 대답해 주셨으면 좋겠어요. 제가 부족한가요?"

"으음!"

유하성이 침음을 흘렸다.

좋고, 나쁘고를 떠나 상당히 포괄적인 질문에 당황한 것이었다.

하지만 그럼에도 의미는 정확하게 전달되었다.

그래서 유하성은 곧바로 대답하지 못했다.

'백화 서문예지.'

새하얗다 못해 투명한 피부로 인해 천하를 진동시키는 미녀가 바로 눈앞에 있는 서문예지였다.

특유의 새하얀 피부 때문에 더욱 도드라져 보이는 검은 생머리와 눈썹, 그리고 눈은 남자를 매혹시키기에 부족함이 없었다.

지금껏 딱히 염문설도 없었고, 성격 역시 크게 모가 나지도 않았다.

그렇기에 수많은 남자들이 그녀를 원하는 것이기도 했고.

후르릅.

거기까지 생각이 닿았을 때 유하성은 차를 들이켰다.

갑작스러운 서문예지의 질문에 목이 말라서였다.

동시에 빠르게 생각을 정리했다.

"제가 감히 판단할 문제는 아니라고 생각합니다. 누군가가 부족한지, 과한지 그런 걸 판단할 자격은 저에게 없으니까요. 다만, 서문 소저의 마음은 알겠습니다."

"그거면 되었어요."

진중하고 조심스러운 유하성의 대답에 긴장해 있던 서문예지가 환하게 웃었다.

명확한 대답은 아니었으나 대답에 담긴 마음은 분명하게 전달이 되어서였다.

그리고 느꼈다.

이번 선택으로 확실하게 각인을 시켰다는 것을 말이다.

"한 가지 더 말씀드리자면 아직 돌아갈 기회가 있다는 걸 알아주셨으면 좋겠습니다. 아실지 모르겠지만 저는 입이 무겁습니다. 두 분의 기척을 느낀 사람은 있을지 모르지만, 직접 본 사람은 없습니다."

서문예지와 남궁희수는 유하성의 말을 이해했다.

지금의 일을 완벽하게 묻을 수는 없어도 세 사람이 입을 맞추면 별거 아닌 만남으로 만들 수 있었다.

"유 공자님께서는 아직 잘 모르시는 것 같아요. 제가 어떤 각오로 찾아왔는지를요."

"저는 단순히 용기를 낸 게 아니에요. 모든 걸 내던질 생각으로 온 거예요."

서문예지와 남궁희수가 똑같은 눈빛으로 유하성을 바라봤다.

하나같이 절세가인이라 불러도 모자람이 없는 여인들이 말이다.

그러나 두 사람이 유하성의 마음을 얻기 위해 용기를 내었다고 하지만 그걸 꼭 받아 줘야만 하는 건 아니었다.

두 사람의 말대로 모든 걸 내던지는 선택을 할 권리가 둘에게 있는 것처럼 유하성도 거절할 권리가 있었다.

"제가 전부 다 이해하지는 못할 겁니다. 저는 서문 소저도, 남궁 소저도 아니니까요. 그렇지만 두 분께서 이런 선택을 하셨다고 해서 제가 꼭 받아들여야만 하는 건 아닙니다."

"……그렇죠."

"조금 무례하기도 하고요."

남궁희수와 서문예지의 얼굴이 붉어졌다.

확실히 말도 없이 무작정 찾아온 건 실례였다.

그만큼 절실했다고 볼 수도 있으나 유하성의 입장에서는 마른하늘에 날벼락 같았을 터였다.

"죄송해요."

"죄송합니다."

그걸 뒤늦게 깨달은 두 여인이 사과했다.

어느 순간 주도권이 유하성에게 넘어간 것도 모르고 말이다.

그러는 사이 유하성은 생각을 확실하게 정리했다.

두 사람이 찾아온 지 벌써 시간이 꽤 흐르기도 했고 말이다.

"오늘은 이만 돌아가셨으면 합니다. 이 시간에 오래 계셔서 두 분께 좋을 건 없으니까요. 그리고 이런 일이 또 벌어지는 일은 없었으면 좋겠습니다."

유하성의 축객령에 두 여인은 쭈뼛쭈뼛 일어났다.

계획과는 전혀 다른 결과에 아쉬움과 안도감이 동시에 휘몰아쳤다.

그리고 원망감도 들었다.

둘 다 상대만 아니었으면 계획대로 됐을 거라고 생각한 것이었다.

끼이익. 쿵.

문이 닫히는 소리와 함께 남궁희수와 서문예지는 서로를 노려봤다.

계획이 어그러진 게 전부 다 상대 때문이라고 생각해서였다.

그래서인지 둘 다 석상처럼 서서 노려보기만 했다.

무림삼화라 불리며 친분이 제법 있었던 둘이지만 지금은 경쟁자일 뿐이었다.

"저는 절대 포기 못 해요."

"저 역시 마찬가지예요."

한때는 나쁘지 않은 사이였으나 지금은 달라졌다.

아니, 오늘 일로 완전히 돌아섰다고 보는 게 좋았다.

그렇기에 두 사람은 서로에게 강렬한 안광을 쏘아 내고는 왔을 때와 마찬가지로 은밀하게 이동했다.

유하성의 말대로 오늘의 일이 알려져서 좋을 건 없었으니까.

이제는 완연한 봄 햇살이 연무장을 비췄다.

따사로운 햇볕에 몸이 노곤해질 정도로 햇살이 좋았다.

그리고 연무장에는 늘 그렇듯이 아이들이 구슬땀을 흘리며 수련 중이었다.

새로 온 아이들은 이제 완전히 적응한 듯 얼굴의 그늘이 사라져 있었다.

"하성아."

"예, 사백."

분명 고된 수련일 텐데도 불구하고 아이들의 얼굴은 밝았다.

누구 하나 불평하지 않고 오히려 즐기듯이 수련하는 모습에 유하성이 흐뭇한 얼굴로 지켜보는데 옆에서 익숙한 기척과 목소리가 들려왔다.

"잠깐 얘기 좀 할까?"

"그걸 왜 그렇게 조심스럽게 물어보십니까? 그냥 차 한잔하자고 하면 될 것을."

"흠흠! 나이를 먹어서 그런가. 이상하게 눈치를 보게 되더라고. 이제는 장문인이 아니라서 그런가."

"아직 정정하신데 벌써부터 그러지 마시죠."

"너의 하루와 나의 하루는 완전히 다르다."

武當霸王
무당
패왕

명천이 고개를 저었다.

다른 사람들의 시선에는 건강해 보일지 모르나 그는 절절하게 느끼고 있었다.

하루하루가 다르다는 사실을 말이다.

예전에는 늘 똑같은 하루였는데 지금은 달랐다.

세월이 더욱 속도감 있게 흘러가는 느낌이었다.

"나이를 먹을수록 속도감이 다르다고 듣긴 들었습니다."

"누구에게?"

"사부님에게요."

"나보다도 늦게 온 녀석이 너무 빨리 갔어."

유하성과 나란히 걷던 명천이 나지막하게 한숨을 쉬었다.

명운을 생각하면 여전히 그의 가슴이 무거워지며 한숨이 절로 나왔다.

그런데 그 사실을 명천은 알지 못했다.

워낙에 본능적으로 나오는 한숨이라 자신이 한숨을 쉬었는지도 몰랐다.

"시원한 물을 드릴까요, 아니면 미지근한 차를 드릴까요?"

"내 나이에 차가운 거 마시면 이가 시려."

"알겠습니다."

아이가 투정 부리는 것 같은 말투에 유하성이 피식 웃으며 삼매진화의 수법으로 차를 데웠다.

잠시 후 차호의 입에서 한 줄기 김이 모락모락 피어올랐다.

딱 따끈한 정도로만 데운 것이었다.

"내공운용만 따지면 나보다 나은 것 같단 말이지."

"아직 멀었습니다."

"내 앞에서 겸양은 됐다. 나 검선이다."

명천이 콧방귀를 뀌었다.

스스로 늙다리 취급을 하지만 그건 유하성 앞에서나 하는 행동이었다.

전성기가 지났다고 하나 그건 육체적인 부분이 그런 거지 다른 것들은 흐른 세월만큼이나 노련해졌다.

게다가 무당검선이라는 별호는 무당파의 장문인이라서 거저 얻은 게 아니었다.

"얼마 안 남기는 했습니다."

"가끔 보면 무섭다니까. 그 정도 경지에 이르면 정체기도 있기 마련인데."

"집념의 힘입니다."

"뭐, 나로서야 좋지만. 네가 빨리 강해지면 나의 꿈도 보다 빠르게 이루어질 테니."

차를 홀짝이며 명천이 히죽 웃었다.

상상하는 것만으로도 기분이 좋아졌던 것이다.

"언젠가는 오지 않을까 생각합니다."

"조급해하지는 마. 지금도 넌 말도 안 되게 대단한 거니까. 네 스스로가 잘 알고 있겠지만 그래도 혹시 몰라서 하는 말이다. 때론 쉬어 가는 것도 필요해. 정체기라 생각하지 말고 쉬어 갈 때가 되었다고 생각하면 좀 나을 거야."

"명심하겠습니다."

유하성은 명천의 말을 허투루 듣지 않았다.

누가 뭐래도 명천은 유하성이 걸어가고자 하는 길을 먼저 걸어간 선각자였다.

지금의 그가 서 있던 곳을 거쳐 간 무인이기에 유하성은 명천의 조언을 머리에 새겼다.

"내가 널 보자고 한 건 다른 게 아니라 문파 내의 불미스러운 일 때문이다. 정확하게는 불미스러운 일이 일어나려 했다고나 할까."

"불미스러운 일이요?"

찻잔을 들어 올리던 유하성이 살짝 의아한 표정을 지었다.

무당파 내의 일에 크게 관심을 가지고 있지는 않지만 그래도 대략적인 것들은 알게 모르게 듣고 있었다.

그가 굳이 묻지 않아도 말해 주는 사람이 주변에 꽤 있어서였다.

지금 앞에 앉아 있는 명천은 물론이고 비청당주인 명덕도 가끔씩 찾아와서 차를 얻어 마셨다.

"그것도 너와 연관되어 있는."

"따로 들은 건 없습니다만."

유하성이 미간을 좁혔다.

곰곰이 생각해 봐도 딱히 불미스럽다고 할 만한 일들이 떠오르지 않아서였다.

최근에 그를 찾아온 명덕이나 매일 보는 원일, 원상도 별다른 말은 하지 않았다.

"장로들 중에 너의 존재를 불편해하는 아이들이 있더구나."

현재 무당파 장로라고 하나 명천에게는 여전히 아이들이었다.

다들 불혹을 훌쩍 넘긴 나이지만 명천은 워낙에 어렸을 때부터 봐 와서 그런지 장로라고 해도 아이처럼 보였다.

"흐음. 일부러 문파 내의 일에 관심을 가지지 않았는데. 그냥 제가 있는 것 자체가 불편한 모양이군요."

"도둑이 제 발 저리는 것과 같은 이치지. 못나게도 말이야. 네가 어떤 성격인지 직접 만나 보면 잘 알 텐데."

"권력이라는 게 그렇지 않습니까. 멀쩡한 사람도 괴물로 만들고. 한번 잡으면 놓기가 쉽지 않은. 역사적으로 그래 왔고요. 아마 앞으로도 그럴 거라 생각합니다."

은근슬쩍 눈치를 보는 명천과 달리 유하성의 표정은 담담했다.

그들 입장이 이해가 안 가는 건 아니었기 때문이다.

다만 이해하는 것과 그들이 바라는 대로 해 주는 것은 달

무당
패왕

랐다.

또 모든 이에게 호의를 받는 건 불가능하기도 했고.

"만약 그럴 만한 합당한 이유가 있었다면 내가 직접 움직이는 일은 없었을 거다. 난 이미 일선에서 물러나기도 했고. 그런데 냉정하게 객관적으로 살펴봐도 네 잘못은 전혀 없단 말이지. 넌 말만 속가제자지 진산제자와 다를 바 없는 일과를 보내고 있지 않더냐. 그렇다고 혼인을 한 것도 아니고."

"수행자의 삶을 살고 있는 중이기는 하지요."

"거기다 네가 스스로 조심하고 있다는 거 나도 알고 명덕이도 안다. 문파 내의 일에 딱히 관여하지 않으려고 하는 것도."

"무자배와 같은 배분이기는 하지만 속가제자이니까요. 무당파의 대소사는 사형들이 결정하는 게 맞다고 생각합니다. 제가 나서는 선은 지금 정도가 딱 적당하다고 생각하고요."

"알지. 우리는 다 알지. 근데 그걸 너무 모르더라고. 어쩌면 지레 걱정에 잡아먹혀서 그런 것 같기도 하고."

명천이 씁쓸한 표정을 지었다.

그놈의 권력이 뭐라고 이렇게까지 하는지 이해가 되지 않았다.

모두가 힘을 합쳐 하나의 목표를 향해 나아가지는 못할망정 밀어내고 깎아 낼 생각만 하자 열불이 났다.

"사람은 보고 싶은 것만 보니까요."

"네가 진산제자가 되었어야 했는데. 그럼 죄다 때려잡아 기강을 바로 세웠을 거 아냐?"

"그래도 또 다른 문제가 나왔을 겁니다. 어느 방향으로 갈지 짐작할 수 없는 게 인간관계이지 않습니까."

"어쨌든 너는 눈치 보고 그럴 거 없다. 네 할 일만 하면 돼. 나머지는 신경 쓸 거 없다."

"지금처럼만 살면 됩니다."

유하성이 싱긋 웃었다.

더 이상의 욕심은 없다는 듯이 말이다.

그런 유하성의 모습에 명천도 마주 웃고 말았다.

"넌 좀 욕심을 가져야 해."

"저도 욕심 있습니다. 사부님과 달리 소향이와 함께 오래오래 있고 싶습니다. 결혼해서 오순도순 살고 싶기도 하고. 자식은, 글쎄요."

"호오. 너도 그런 생각을 해?"

명천이 두 눈을 크게 떴다.

지금껏 그가 보아 온 유하성은 여자에 딱히 관심을 보이지 않았다.

당장 지금만 하더라도 무려 네 명의 여인이 유하성의 마음을 사로잡기 위해 무당파에 온 상태였다.

그중에 두 명은 무려 무림삼화에 꼽히는 여인들이었다.

"저도 남자니까요."

"근데 왜 안 골라? 애들 애가 바짝 타들어 가고 있는데."

"혼례를 올릴 생각은 있지만 그게 지금은 아니니까요."

"아냐. 지금이 딱 좋아. 나이도 그렇고. 더 나이 먹으면 좋지 않아. 게다가 시기도 좋고."

명천이 단호하게 고개를 저었다.

자고로 뭐든지 때가 있는 법이었다.

그 시기를 놓치면 될 일도 되지 않았다.

더구나 유하성이 노린 건 아니지만 전쟁의 피해자라 할 수 있는 아이들을 거둠으로써 칭송과 찬양이 자자했다.

더불어 무당파도 마찬가지였고 말이다.

그러니 장가가려면 지금이 제일 좋았다.

"사실 늦긴 늦었죠."

"엄청 늦은 건 아니니까."

보통이라면 자식 한둘이 아니라 셋, 넷을 낳았어도 이상한 나이가 아니었다.

하지만 무림에서는 또 아주 늦은 나이라고는 할 수 없었다.

마흔 넘어서 갓 성년이 된 여자와 혼인하는 경우도 흔했고.

그에 비하면 유하성은 상황이 훨씬 나았다.

"근데 지금은 소향이도 있고 해서 당장은 할 생각이 없습니다."

"말했지? 좋은 시기도 한때야. 물 들어올 때 노 저어야 한다는 말이 괜히 있는 게 아냐. 물론 너야 앞으로도 계속 혼담이 들어오겠지만 지금 찾아온 아이들보다 나은 아이들일 거라고는 보장할 수 없어."

"……왜 그렇게 저를 보내려고 하시는 겁니까?"

"나는 안 되지만, 너는 되니까. 네 자식이 보고 싶기도 하고. 네가 행복하길 바라는 마음도 있고. 왠지 네가 자식을 낳으면 손주를 보는 느낌이 들 것 같아."

유하성은 순간 얼굴을 굳혔다.

일가친척이 전혀 없는 그이기에 명천이 할아버지가 된다고 해도 이상할 게 없었다.

근데 그래서 유하성은 걱정이 되었다.

'명천 사백이 할아버지라…….'

유하성이 속으로 중얼거렸다.

명천이야 좋아하겠지만 그나 아이는 다를 수도 있어서였다.

"뭐야, 그 표정은?"

제65장 똑같지만 다른 시간

명천이 눈썹을 꿈틀거렸다.

귀신같이 이상한 낌새를 알아차린 것이었다.

그러나 유하성은 당황하지 않았다.

"잠깐 생각을 했습니다. 이왕이면 딸이 좋겠다고요."

"흐음. 아닌 거 같은데."

명천의 눈이 좁혀졌다.

본능적으로 지금의 말이 거짓임을 알아차린 듯했다.

하지만 유하성은 뻔뻔한 얼굴로 시치미를 뗐다.

"제가 거짓말을 할 이유가 없지 않습니까."

"그렇다고 못 할 것도 없지. 네 성격상."

"그건 맞습니다."

유하성이 고개를 주억거렸다.

이 부분은 그도 인정하는 바였다.

하지 않을 뿐이지 못 할 건 없었다.

"어쨌든 한번 진지하게 고민해 봐라. 너에게도 시간은 중요하지만 여자애들의 시간도 중요하니까. 누구에게나 같은 시간이지만 체감되는 건 다 다르니까. 스무 살과 스물하나는 무림의 여식이라고 해도 결코 적은 나이는 아니다."

"안 그래도 고민하고 있습니다."

"흠흠! 꼭 한 명만 선택해야 하는 법은 없으니까 이것도 한번 선택해 보고."

"네?"

유하성이 순간 멍한 표정을 지었다.

이렇게는 단 한 번도 생각해 보지 않아서였다.

그 모습에 명천이 의미심장하게 웃었다.

"왜? 사내대장부로 태어나 삼처사첩을 누려 보는 것도 나쁘지 않지. 첩을 들이는 것도 다 능력이 있어야 가능한 일이다. 한 명만 고를 수 없다면, 전부 다 거두는 것도 한 가지 방법이지. 아마 네가 그렇게 한다고 하면 제갈세가, 남궁세가, 금와장, 서문세가 전부 다 싫어하지는 않을걸?"

"설마요."

실소와 함께 유하성은 고개를 저었다.

아무리 정략결혼이 만연한 명문세가라고 하나 그를 잡고

武當霸王
무당
패왕

자 딸을 첩의 자리에 밀어 넣을 리는 없었다.

"너는 모를 거다. 가주와 장주의 자리가 어떤 자리인지 말이다. 그리고 너 스스로를 너무 과소평가하고 있고. 서른둘의 나이에 패왕이라는 칭호를 얻은 게 너다. 즉, 이미 천하십대고수에 꼽힐 정도의 실력자란 말이지. 그리고 십 년 후에는 천하에서 세 손가락 안에 들어가는 무인이 될 거다. 어쩌면 너와 나의 바람대로 천하제일인이 될지도 모르지."

"모두 가정일 뿐입니다."

점점 격앙되는 명천의 목소리에 유하성이 단호하게 고개를 저었다.

물론 가능성은 있었다.

유하성 스스로 생각하기에도 제법 높다고 생각했고.

그러나 모두 가정일 뿐이었다.

"네 곳의 주인들은 그렇게 생각하지 않을걸? 물론 네 말대로 지금은 가정일 뿐이지. 그러나 그들은 너에게 없는 연륜이라는 게 있다. 특히 금와장주는 파산권이라 불리긴 했으나 무명소졸이나 다름없던 너를 가장 먼저 알아봤지. 안목에 한해서는 천하에서 제일 뛰어난 이가 금와장주일 거다."

"……."

유하성은 대답하지 못했다.

확실히 그건 유하성도 놀랐었다.

아무것도 보여 준 게 없는데도 황만덕은 그를 알아봤다.

관상학을 예로 들기는 했으나 그게 전부일 리는 없을 터였다.

"남궁세가주는 검제이고 너와 직접 겨루어 보기까지 했지."

"어떻게 아셨습니까?"

"나 정도쯤 되면 알게 모르게 다 교류가 있다. 당장 너만 하더라도 마찬가지고. 네 주위를 봐. 누가 누가 있는지. 개방의 후개가 있고, 남궁세가의 검룡이 있지. 거기다 무림삼화 중 무려 두 명이 있지 않더냐."

유하성이 고개를 주억거렸다.

듣고 보니 전부 다 맞는 말들이었다.

"그러니까 네 관점으로 보지 마. 믿지 못하겠으면 은근히 떠봐. 아마 다들 바로 싫다고는 안 할 거다."

"대신 저는 여자를 밝히는 놈으로 평판이 달라지겠죠."

"그게 뭐? 남자가 여자 좋아하는 건 자연의 이치다. 그리고 네 명성 때문에 면전에서는 말을 꺼내지도 못할걸? 자기가 지니고 있는 것들을 잘 활용하는 것도 능력이다."

"일단 알겠습니다."

유하성은 이쯤에서 대화를 마무리 짓기로 했다.

더 나아가면 별의별 말들이 다 나올 것 같아서였다.

물론 어른인 만큼 들어서 나쁠 건 없겠으나 문제는 명천이 결혼에 대해서는 전혀 모른다는 점이었다.

武當霸王
무당
패왕

"흠흠! 요즘에 자꾸 이런 생각이 들어. 소일거리가 있으면 좋겠다고. 소향이가 있기는 하지만 하나보다는 둘이 낫지 않겠느냐?"

"······."

명천이 넌지시 운을 뗐으나 유하성은 대답하지 않았다.

어느새 봄이 가고 여름이 다가오고 있었다.

따뜻했던 바람이 점차 더워지는 걸 느끼며 유하성은 연무장을 응시했다.

정오가 가까워지는 시간이기에 다들 더울 텐데도 아이들은 열심히 수련했다.

제갈세가와 서문세가에서 몇몇 아이들을 데려가자 두 곳의 눈에 들기 위해 더욱 노력하는 것이었다.

푸히히힝!

그리고 달라진 점은 또 있었다.

이제는 어미젖을 뗀 망아지들이 숙소와 연구동 주변을 뛰어다녔다.

스스로 주인을 정하고는 아예 이곳에 터를 잡았다.

그래서인지 매일 망아지들이 뛰어노는 소리가 들렸다.

"꺄하하하!"

사내아이들이 서문세가와 제갈세가의 눈에 들기 위해 수련에 힘을 쓴다면 아직 어린 아이들은 망아지와 함께 뛰어놀았다.

수련도 하면서 노는 것도 포기하지 않았던 것이다.

특히 황주성이 아이들을 이끌고 제일 신나게 질주했다.

친구인 망아지와 함께 말이다.

"좋을 때야."

망아지들과 함께 우르르 몰려다니는 아이들의 모습에 지켜보던 유하성이 피식 웃었다.

역시 아이들은 아이들다워야 가장 빛이 나고 예뻐 보였다.

자고로 모든 건 시기가 있었다.

철이 일찍 드는 게 꼭 좋지만은 않았다.

"저쪽도 잘 지내고."

수련하는 아이들도 있고, 뛰어다니는 아이들도 있었다.

그리고 정자에서는 제갈령령에게 이런저런 것들을 배우는 아이들도 있었다.

유하성은 그 모습이 참으로 평화롭다고 생각했다.

시끄럽지만, 그렇기에 활기가 느껴진다고나 할까.

까앙! 깡!

거기다 한쪽에서는 한여름을 방불케 하는 뜨거운 열기가 솟구치고 있었다.

아이들의 수련과는 격이 다른 무위를 보여 주는 남궁준과 원일, 원상, 원호가 있었다.

이제는 셋밖에 남지 않았지만 구룡 중 각각 검룡과 비룡으로 불렸던 게 남궁준과 원일이었다.

거기에 원상과 원호가 합세해서 매일같이 대련을 했다.

"좋아! 많이 나아졌어!"

"감사합니다!"

"그 말을 할 시간에 검을 한 번 더 휘둘러!"

"옙!"

"대답 안 해도 돼!"

다른 곳에서는 이춘상과 서문광의 지도대련이 이어지고 있었다.

네 명이 팽팽한 긴장감 속에서 비무를 하고 있는 것과 달리 이춘상과 서문광의 지도대련은 화기애애했다.

그러나 열의는 네 명 못지않았다.

이춘상의 지도대련이 얼마나 큰 가치를 가지고 있는지 알기에 서문광은 모든 걸 쏟아붓겠다는 듯이 달려들었고, 수도 없이 바닥을 나뒹굴었다.

"흐아압!"

하지만 그럼에도 서문광은 포기하지 않았다.

실망하지도 않았다.

애초에 이춘상과의 격차가 하늘과 땅만큼 어마어마하다는 걸 본인 스스로가 잘 알고 있어서였다.

"평화롭네."

시끌벅적하지만 유하성에게는 그 어느 때보다 평화롭게 다가왔다.

일단 전쟁이 끝난 것이나 마찬가지기도 했고, 별다른 문제도 없었다.

퍼엉!

갑자기 요리를 배우겠다며 남궁희수와 서문예지, 황주연이 부엌을 난장판으로 만드는 것만 빼면 말이다.

무슨 바람이 든 것인지 느닷없이 요리를 배우기 시작한 세 여인으로 인해 시비들도 덩달아 바빠졌다.

숙수는 아니지만 기본적인 음식들을 할 수 있다 보니 자연스럽게 세 여인들을 가르치게 되어서였다.

물론 그 과정도, 결과도 그리 좋지 않았다.

"……도대체 왜 폭발하는 소리가 나는 거지?"

유하성은 이해가 되지 않았다.

상식적으로 부엌에서 폭발음이 날 일이 없었다.

그렇다고 튀김요리를 하는 것도 아니었다.

한데 부엌이 터질 것 같은 폭발 소리가 연신 들려오자 유하성은 대체 무얼 만드는 건지 궁금했다.

퍼펑!

그러나 직접 들어갈 생각은 없었다.

본능적으로 가지 말아야 한다는 느낌이 들어서였다.

직감이 강렬하게 저지하는 느낌에 유하성은 관심을 껐다.

"아, 안녕하십니까?!"

심상치 않은 검은 연기가 창문을 통해 흘러나오는 걸 지켜보는데 등 뒤에서 낯선 음성이 들려왔다.

동시에 여러 명의 기척도 함께 느껴졌다.

"아, 네."

"만나 뵙게 되어 영광입니다!"

몸을 돌리자 선망 가득한 부담스러운 눈빛들이 쏟아졌다.

개인적으로 무작정 그를 찾아오는 이들은 경내에서 한 번 걸러졌다.

장로는 아니지만 무자배와 같은 배분일뿐더러 유하성은 무당파를 대표하는 고수였다.

그렇다 보니 만나고 싶다고 해서 아무나 유하성을 만날 수는 없었다.

명천과 원일이 허락하지도 않았고.

하지만 예외가 있었으니 바로 지금처럼 무당파의 속가제자들이었다.

"안녕하세요?"

"반갑구나."

아빠 손을 잡고 함께 온 남자애가 눈을 반짝거리며 공손히 인사했다.

이제 열넷에서 열다섯 정도로 보였는데 부친과 똑같은 눈빛으로 유하성을 바라봤다.

"정말 꼭 한번 뵙고 싶었습니다."

"사숙님을 뵙고자 섬서성에서 왔습니다!"

"여기 이 아이는 제 딸입니다!"

순수하게 선망하고 존경하는 이들도 있지만 개인적인 욕심을 드러내는 이들도 있었다.

은근슬쩍 데려온 딸을 소개했던 것이다.

그것도 누가 봐도 흑심이 있음을 알 수 있게 말이다.

분명 이곳에 제갈령령, 황주연, 남궁희수, 서문예지가 있다는 걸 알고 있을 텐데 말이다.

'하아.'

못 먹는 감 찔러나 보겠다는 심보로 들이미는 걸 모르지 않았기에 유하성은 속으로 한숨을 쉬었다.

하지만 그 기색을 얼굴에 드러내지는 않았다.

불편하지만 이들 역시 무당파의 제자였다.

"안녕하세요. 도지윤이라고 합니다."

"반갑습니다."

곱게 웃으며 인사했지만 딱히 인상 깊게 다가오지는 않았다.

워낙에 아름다운 여인 네 명을 매일같이 봐서 그런지 이제는 웬만한 미모는 눈에 들어오지도 않았다.

오죽했으면 이춘상이 눈이 너무 높아졌다고 스스로 인정

할 정도였다.

"흠흠! 괜찮으시다면 저녁에 식사라도 같이하시는 게 어떻 겠습니까?"

"이렇게 만난 것도 인연이지 않습니까!"

"좋은 곳으로 저희가 모시겠습니다!"

원래부터 친분이 있던 모양인지 세 명의 중년인은 손발이 척척 맞았다.

아니면 따로 의기투합을 했는지도 모르고.

그러나 유하성은 웃으며 고개를 저었다.

처음에는 곤혹스러웠지만 이제는 제법 경험이 쌓여서 잘 어르고 달래서 보냈다.

"후우."

어떻게든 따로 자리를 만들려고 매달렸으나 유하성의 계 속된 거절과 원일이 직접 오자 다들 마음을 접을 수밖에 없 었다.

일단 유하성이 흔들리지도 않았고 말이다.

"고생하셨습니다, 사숙."

"나보다는 네가 고생했지."

"하하. 저야 이런 일이 익숙하니까요. 그런데 어째 줄어들 기미가 안 보이네요. 제가 분명히 사제들에게 언질을 해 두 었는데."

원일이 마음에 들지 않는다는 듯이 눈썹을 꿈틀거렸다.

이런 식의 방문을 유하성이 좋아하지 않는다는 걸 알기에 원일은 따로 일대제자들과 이대제자들에게 말을 해 두었었다.

가급적이면 연구동 쪽으로는 손님들이 오지 않게 하라고 말이다.

물론 속가제자도 무당파의 제자인 만큼 어디든지 갈 수는 있으나 그래도 만류 정도는 할 수 있었는데 그럼에도 방문자들이 줄어들 기미가 보이지 않자 원일은 얼굴 가득 송구스러운 표정을 지었다.

"유명세의 대가라고 생각해야지. 그래도 아예 생판 모르는 외부인은 없잖아?"

"좀 더 강경하게 나가라고 하겠습니다."

"괜찮아. 다 같은 제자들인데 그렇게까지 할 필요는 없어. 다만 좀 도와줘."

"알겠습니다."

처음에야 당혹스럽고 적응이 안 되었지만 지금은 달랐다.

여유까지는 아니더라도 적응은 어느 정도 되었기에 유하성은 옅게 웃었다.

유명해진 대가라고 생각하면서 말이다.

패왕이라 불린다고 차별할 생각은 없었기에 이런 부분은 감당하는 게 맞다고 생각했다.

"날씨가 너무 좋아요!"

푸르륵.

오랜만에 유하성과 산책을 나온 이소향이 해맑게 웃었다.

그런데 안타깝게도 단둘이 하는 산책은 아니었다.

이소향의 옆에는 망아지라고 하기에는 제법 큰 말이 호위
하듯 서 있었다.

"예쁜이도 좋지?"

푸히히힝!

이소향의 옆에 있던 예쁜이가 대답하듯 힘차게 울부짖었
다.

그러나 아직 다 자라지 못해서 그런지 흑풍처럼 우렁차지
는 못했다.

푸르르르.

그걸 말해 주듯 유하성의 옆에 나란히 서 있던 흑풍이 웃
듯이 투레질했다.

아직은 한참 멀었다는 듯이 말이다.

"풍광이 좋지?"

"네! 마음이 상쾌해지는 느낌이에요! 후아!"

이소향이 환하게 웃으며 두 눈을 감았다.

그러고는 크게 심호흡을 했다.

폐부 깊숙이 맑은 공기가 들어오도록 말이다.

"후후후."

두 팔을 활짝 펼치고서 숨을 들이쉬는 이소향의 모습에 유하성이 빙그레 웃었다.

몇 달 사이에 또 훌쩍 큰 게 느껴져서였다.

특히 조금 남아 있던 얼굴의 그늘이 말끔히 사라진 게 유하성은 가장 마음에 들었다.

크컹. 컹.

주인을 따라 하듯 예쁜이가 코를 벌렁거렸다.

하지만 안타깝게도 이소향과 같은 상큼함과 깜찍함은 없었다.

대신 애매모호한 귀여움은 있었다.

"어릴 적에 사부님과 자주 왔던 곳이야. 일종의 산책로라고나 할까."

"정말요?"

"응. 수련을 하다가 잠시 쉴 때, 혹은 날씨가 좋은 날 사부님과 함께 이곳에 오곤 했어. 귀를 기울이면 폭포 소리도 들릴 거야. 멀지 않은 곳에 자그마한 폭포가 있거든. 여름에는 그곳에서 자주 씻었어."

"저도 가 보고 싶어요!"

이소향이 눈을 반짝거렸다.

어린 시절의 유하성이 놀았던 곳이라 하자 궁금했던 것이다.

그리고 아름답기만 했던 이곳이 특별하게 다가왔다.

"아직은 물놀이를 할 정도는 아냐. 손 정도는 담가 볼 수 있겠지만."

"사조님과 함께 가셨던 장소라면서요. 저도 꼭 가 보고 싶어요."

이소향이 두 눈을 초롱초롱하게 빛내며 말했다.

정말 꼭 가 보고 싶다는 듯이 말이다.

그 모습에 유하성은 옅게 웃으며 이소향의 머리를 쓰다듬어 주었다.

"주변을 더 둘러보고. 여기 말고도 좋은 곳이 많거든."

"네! 헤헤헤."

힘차게 대답하며 이소향이 기분 좋은 표정을 지었다.

언제나 느끼는 거지만 유하성의 손길은 너무나 따뜻했다.

"웃차."

음미하듯 두 눈을 감고 있는 이소향을 유하성은 안아 들었다.

쓰다듬어 주는 것도 좋아하지만 이소향이 가장 좋아하는 건 역시 안아 주는 것이었다.

그렇기에 유하성은 한 팔로 이소향을 안아 들고서 익숙한 산책로를 거닐었다.

푸히히힝!

그 뒤를 흑풍과 예쁜이가 따랐다.

길을 외우려는 듯이 주변을 두리번거리면서 말이다.

그런데 오랜만의 산책에 흑풍도 기분이 좋은 모양인지 꼬리가 연신 흔들렸다.

"요즘에 특별한 일은 없어?"

"네. 오빠들 몇 명이 하산한 것 말고는요."

"아쉽지?"

"그렇긴 한데 균현에 내려가면 볼 수 있으니까요. 또 오빠들이 선택한 일이기도 하고요. 그래서 저는 응원해 줬어요."

"다들 잘 할 거야."

천천히 걸어가면서 유하성은 두런두런 대화를 나누었다.

평소에도 대화를 많이 하는 편이지만 이렇게 단둘이 있는 시간이 그리 많지 않기에 유하성은 주기적으로 이런 시간을 만들었다.

"다들 사부님께 감사하고 있어요. 나중에 자리를 잡으면 꼭 은혜를 갚겠대요."

"고맙네. 그렇게까지 생각해 주고."

"사부님께서 인생을 바꿔 주셨으니까요. 저도 그렇고요."

이소향이 얼굴을 붉혔다.

아무래도 이런 말을 입 밖에 꺼내는 건 부끄러웠다.

하지만 한 번은 꼭 말하고 싶었다.

"난 그렇게 생각 안 하는데. 어떻게 보면 무림의 일로 인

해 아이들의 운명이 바뀐 거니까. 누군가는 최소한의 책임을
져야 한다고 생각했어. 그게 어른이니까. 아이들에게 책임을
전가하는 건 어른이 아니지."

"다들 절대 그렇게 생각하지 않아요. 사부님이나 다른 분
들을 탓하지 않아요."

"알고 있어. 눈빛만 봐도 알 수 있는걸."

얼마나 놀랐는지 양손으로 손사래를 치는 이소향의 모습
에 유하성이 피식 웃었다.

그러는 사이 어느새 폭포 앞에 도착했다.

유하성의 말대로 아담한 폭포였는데 대여섯 명이 동시에
들어가면 꽉 찰 정도로 작았다.

"우와아."

"물이 엄청 맑지?"

"네! 물고기도 없어요!"

"바위를 들추면 가재는 있어. 작은 물고기도 곳곳에 있고.
잡아먹을 정도는 아니지만."

"여름이 되면 꼭 들어가 볼래요!"

바닥이 훤히 보이는 물웅덩이를 내려다보며 이소향이 소
리쳤다.

폭포가 작은 만큼 물웅덩이도 그리 깊지 않았다.

딱 물놀이하기에 적당한 깊이였기에 이소향은 잔뜩 기대
하는 표정을 지었다.

"그래. 같이 들어가자. 시간이 맞으면 다른 사람들도 데려오고."

"네!"

"요즘에는 요리도 배운다며?"

"헉!"

폭포 구경을 마치고 돌아가는데 이소향이 화들짝 놀랐다.

요리를 배우는 걸 유하성이 알고 있을 줄은 몰라서였다.

"왜? 비밀이었어?"

"어, 그런 건 아닌데요."

이소향이 손을 꼼지락거렸다.

놀라서 그런지 순간적으로 말문이 막힌 모양이었다.

"근데 배우는 게 가능하긴 해?"

유하성이 진심으로 궁금하다는 듯이 물었다.

왜냐하면 이소향과 함께 요리를 배우는 이들이 제갈령령, 황주연, 남궁희수, 서문예지였기 때문이다.

다들 대단한 가문의 여식들이었기에 요리는커녕 식도를 잡아 본 적도 없었다.

그러니 부엌에서 심심찮게 폭발음이 들려오는 것이고.

"어, 식칼 다루는 법은 제대로 배우고 있어요. 언니들이 식칼은 정말 잘 다루더라고요."

"언니들?"

유하성이 고개를 갸웃거렸다.

얼굴을 본 시간이 꽤 되기는 했지만 언니라고 자연스럽게 부를 정도로 친해졌을 줄은 몰라서였다.

"아, 최근에 언니라고 부르게 되었어요. 네 분 다 하도 부탁을 하셔서요."

"흐음."

이소향의 대답에 유하성이 묘한 표정을 지었다.

정공법이 통하지 않으니 우회 전략을 선택했음을 알 수 있어서였다.

"제가 실수를 한 걸까요?"

"아냐. 소향이가 먼저 하겠다고 한 것도 아니고 소저들이 먼저 부탁한 건데. 그냥 좀 놀라워서 그런 거야."

"저도 좀 놀랐어요. 그렇게 말씀하실 줄은 몰랐거든요. 그래서 계속 거절했는데 너무 부탁하셔서 받아들일 수밖에 없었어요. 그래도 예의는 지키고 있어요."

"그러면 됐어. 알아서 잘할 걸 알기도 하고."

이소향의 얼굴이 붉어졌다.

별거 아닌 칭찬이었으나 이소향에게는 더없는 기쁨이었다.

그리고 행복했다.

이렇게 유하성과 함께 있는 시간이 말이다.

"절대, 절대 사부님께 누를 끼치는 일은 없게 할게요."

"이미 충분히, 아니 과할 정도로 잘하고 있어. 그러니 그렇게 스스로를 너무 몰아붙이지 마. 이미 넘칠 정도로 잘하고 있으니까. 그런데 갑자기 요리는 왜 배우는 거야?"

유하성이 진짜 궁금하다는 듯이 물었다.

아직 나이가 어린 만큼 유하성은 절대 몸에 무리가 갈 정도로 수련을 시키지 않았다.

더욱이 이소향은 처음 올 때부터 영양 상태가 썩 좋지 않았기에 유하성은 더더욱 신경 썼다.

게으름이라는 단어를 모르는 듯이 너무 열심히 수련하기도 했고.

"어……."

"말하기 힘든 거면 말하지 않아도 괜찮아. 궁금해서 물어본 거니까."

"그런 건 아니고요."

이소향이 다시 한번 고개를 푹 숙이며 손가락을 꼼지락거렸다.

말을 할까 말까 고민하는 모습인데 유하성에게는 그 모습마저도 너무나 사랑스럽게 보였다.

딸을 낳지 않았음에도 딸을 가진 아빠의 마음이 이해가 간다고나 할까.

"나중에 말하고 싶어지면 그때 말해도 돼."

"……사부님께 밥을 차려 드리고 싶어서요."

"응?"

"제 손으로 사부님께 밥을 차려 드리고 싶어서요."

부끄러운 듯 이소향이 개미 목소리로 대답했다.

그러나 아무리 작은 목소리라도 유하성에게는 다 들렸다.

"마음은 고마운데 아직은 너무 이른 거 아니니? 이제 여섯 살인데. 일과도 빡빡하고."

자신을 챙겨 주려는 마음씨에 유하성은 가슴이 훈훈해졌다.

그리고 새삼 혼자가 아님을 느꼈다.

동시에 사부인 명운이 어떤 마음이었을지도 알 수 있었다.

"간단한 것들은 가능하다고 했어요. 불을 쓰는 요리는 힘들겠지만요."

"나중에 해 줘도 돼. 너무 일찍 크는 것도 슬픈 일이거든. 또 시간이 흐르면 생각이 바뀔 수도 있고."

"절대 바뀌지 않을 거예요."

"후후후. 시집갈 때 지금 했던 말을 해 줘야겠네."

유하성이 웃었다.

지금은 자신이 좋다고 하지만 좀 더 나이를 먹으면 생각이 달라질 터였다.

그리고 언젠가는 그의 품을 떠날 것이었다.

그게 세상의 이치였다.

"저는 시집 안 갈 거예요. 평생 사부님과 함께 살 거예요. 사부님께서 혼인하시고 자식을 낳으면 동생들을 돌보면서요."

"벌써 거기까지 생각한 거야?"

유하성이 실소를 흘렸다.

이제 겨우 여섯 살인 이소향이 거기까지 생각했을 줄은 몰라서였다.

게다가 결심이 의외로 단단했다.

진짜 결혼할 생각이 없다는 듯이 이소향은 안긴 상태에서 두 주먹을 옴팡지게 쥐었다.

"그린 대로 인생이 흘러가지는 않지만, 그래도 설계는 어느 정도 해 두어야 하니까요."

"누가 그런 말을 해?"

"어……. 사, 삼촌이요."

"삼촌?"

유하성이 고개를 갸웃거렸다.

뜬금없는 호칭에 놀란 것이었다.

하지만 아무리 생각해 봐도 삼촌이라는 호칭이 어울리는 사람이 떠오르지 않았다.

"이춘상 삼촌이요."

"……걔가 왜 삼촌이야? 아저씨 아냐?"

유하성의 얼굴에 어처구니없다는 기색이 서렸다.

자신이야 사부라지만 이춘상은 아니었다.

더욱이 나이 차이만 무려 이십육 년이었다.

아무리 긍정적으로 생각해도 삼촌보다는 아저씨가 어울렸다.

"아! 그건 생각 못 해 봤어요."

"삼촌이라고 하기에는 나이 차이가 너무 나지. 나랑 친구이긴 하지만 삼촌은 좀. 어르신이라고 하기에는 또 엄청나게 차이가 나는 건 아니니까."

아무리 생각해도 삼촌이라는 단어와 이춘상은 어울리지 않았다.

차라리 후개님이라는 호칭이라면 모를까.

"후개님이나 이 소협은 싫다고 하셨어요. 너무 거리감이 느껴진다고."

"거리감은 무슨."

유하성이 피식거렸다.

거리감이라는 표현을 쓸 정도로 이소향과 이춘상의 사이가 가까운 건 아니었다.

같은 성씨라는 것 말고는 공통점도 전혀 없었고.

"그럼 이제부터 아저씨라 부를게요!"

이소향이 해맑은 얼굴로 대답했다.

언제나 친근하게 대해 주고 재미있는 이야기를 해 주는 고마운 사람이 이춘상이었으나 유하성에 비할 바는 아니었다.

그렇기에 이소향에게는 고민할 가치도 없었다.

이 세상에서 이소향에게 가장 중요한 사람은 누가 뭐래도 곁에 있는 유하성이었다.

"소향이가 아저씨라 부르면 표정이 볼만하겠는데. 근데 꼭 그럴 필요는 없어. 그냥 소향이가 하고 싶은 대로 해."

"우웅. 그럼 한번 아저씨라 불러 볼게요. 저도 반응이 궁금하기는 해요. 히힛!"

"이왕이면 나도 같이 있을 때 해 줘. 춘상이 표정 좀 보게."

"네!"

어느새 묘하게 닮은 미소를 지으며 유하성과 이소향이 걸음을 옮겼다.

그 뒤로 흑풍과 예쁜이가 조용히 따랐다.

이제는 슬슬 더위가 느껴지는 한낮에 남궁준은 유하성을 마주 보고 섰다.

무당산에 온 지 시간이 꽤 지났으나 유하성과의 비무는 처음이었다.

그래서인지 남궁준은 그저 마주 보고 있는 것뿐인데도 손바닥에 땀이 차는 느낌이었다.

"너무 긴장하는 것 같은데?"

평소라면 각자 상대를 정해서 비무를 하고 있었을 테지만 지금은 달랐다.

유하성과 남궁준의 대련이었기에 다들 모여서 두 사람의 대치를 지켜보고 있었다.

"저는 이해합니다. 저도 처음 사숙님과 대련할 때 몸이 바짝 얼더라고요."

"나도 그랬었지."

이상하다는 듯이 고개를 갸우뚱거리는 이춘상과 달리 원호와 원상은 남궁준이 이해가 된다는 듯이 입을 열었다.

딱히 기세를 일으키거나 위압감을 뿌리는 것도 아닌데 이상하게 유하성과 마주 서면 위축이 되었다.

"난 안 그러던데."

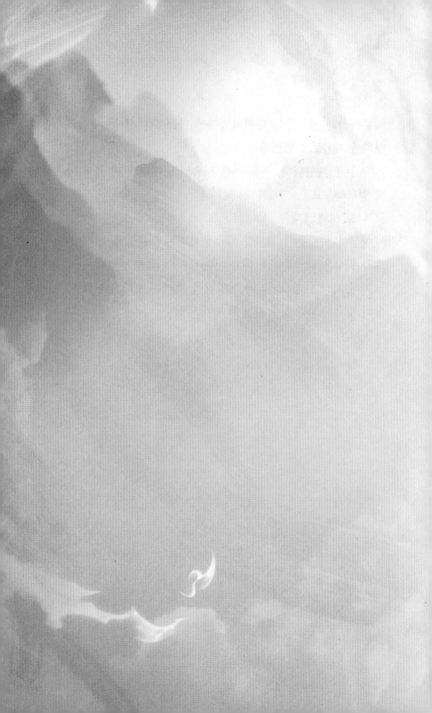

제66장 도전자이자 피도전자

"수준 차이 때문에 그렇지 않겠습니까."

"흐음. 난 아닌 거 같은데. 그냥 기백의 차이 아닐까. 내가 너희들보다 경지가 높은 건 사실이지만 하성이 입장에서는 어차피 똑같을 거거든."

"으음. 다 하수란 말이죠?"

"그렇지."

원상이 턱을 쓰다듬었다.

듣고 보니 이춘상의 말도 일리가 있었다.

기준을 그나 이춘상, 원호가 아니라 유하성으로 잡으면 말은 되었다.

"남궁 공자도 마찬가지란 말이고."

"그렇지."

원호의 말에 원상이 고개를 주억거렸다.

어차피 유하성에게는 눈앞에 있는 남궁준이나 원호, 이춘상, 원일 다 똑같을 터였다.

"저도 죽어라 노력하면 지금의 형님 수준까지는 오를 수 있겠죠?"

"꿈이 너무 원대한데."

"에이. 형님을 뛰어넘겠다는 것도 아니고 딱 지금만큼만 되겠다는 건데요?"

"그러니까 패왕이 되고 싶다는 거 아냐. 말하자면 복건패왕?"

어느새 곽두일과 함께 슬쩍 다가온 백현승이 눈을 반짝거렸다.

그런데 그 말에 이춘상은 헛웃음을 흘렸고 곽두일은 민망한 듯 얼굴을 붉혔다.

지금의 유하성 수준에 오르는 게 얼마나 말이 안 되는 건지 너무나 잘 알아서였다.

"목표는 높게 잡을수록 좋다고 하잖아요. 뭐, 저는 꿈도 못 꾸나요?"

"꿀 수는 있지. 어쩌면 이룰 수도 있고. 난 비웃은 거 아니다."

"속으로는 힘들 거라고 생각하셨잖아요."

武當霸王
무당패왕

"지나가는 사람들 붙잡고 물어봐라. 열에 아홉은 불가능하다고 할걸? 불가능하지 않다는 게 꼭 가능하다는 건 아니니까."

"으윽!"

백현승이 가슴을 부여잡았다.

지극히 현실적인 평가에 가슴이 쓰렸던 것이다.

하지만 부정할 수는 없었다.

이춘상의 말이 백번 맞았으니까.

"복건패왕만 되어도 저는 좋을 것 같습니다. 적어도 복건성에서는 제일가는 무인이라는 뜻일 테니까요. 복건제일인만 하더라도 엄청난 겁니다."

"일단 단기적인 목표는 그걸로 잡아야겠어요."

곽두일이 위로하듯 말했지만 큰 효력은 없었다.

오히려 마음만 더 씁쓸해질 뿐이었다.

"시작한다."

두런두런 대화를 나누는 사이 유하성과 남궁준도 준비를 끝마쳤다.

검객인 남궁준과 달리 유하성은 딱히 준비라고 할 것도 없었지만 말이다.

"제가 갈까요, 아니면 먼저 오시겠습니까?"

"제가 가겠습니다. 유 공자께서 공격하시면 저는 방어만 하다가 얼마 안 가서 끝날 것 같아서요."

정중한 유하성의 물음에 남궁준도 진지하게 말했다.

이춘상이라면 혹시 모르겠지만 유하성은 방심을 한다고 하더라도 이길 자신이 없었다.

나이 차이는 얼마 나지 않지만 수준은 형언할 수 없을 정도였다.

번천회와의 대회전 때 유하성의 맹활약을 직접 보기도 했기에 남궁준은 자신이 이길 거라고는 눈곱만큼도 생각하지 않았다.

'아버지께서 인정한 무인이다.'

처음 대면했을 때 이춘상은 유하성을 상대하고 싶으면 자신 먼저 넘으라고 했었다.

정확하게는 후기지수들 모두에게 했던 것이지만.

어쨌든 그때 남궁준은 솔직히 자존심이 상했었다.

적어도 그때에는 그가 최고의 후기지수였으니까.

'하지만 하늘 밖의 하늘이 있었지.'

이춘상은 후기지수들을 무시한 게 아니었다.

그저 있는 그대로의 사실을 말했을 뿐이었다.

너희들 중에 유하성과 어울릴 만한 실력자는 없다고 말이다.

그리고 그 사실을 이제는 죽은 무룡 범구가 증명했었다.

'내가 할 수 있는 전부를 쏟아붓는다.'

그와 비견되었던 범구가 단 일수에 제압당했다.

그날의 기억은 아직도 남궁준에게 선명하게 남아 있었다.

때문에 남궁준은 유하성을 이길 수 있단 생각은 전혀 하지
않았다.

대신 모든 걸 쏟아붓고 하나라도 얻어 가고자 했다.

"준비되셨습니까?"

"예. 마음의 준비가 끝났습니다."

스르릉.

수만 번도 더 뽑았던 애검의 마찰음이 오늘따라 너무나 크
게 들려왔다.

그러나 그 이유를 남궁준은 잘 알았다.

"오시죠."

"그럼, 가겠습니다."

한차례 심호흡과 함께 검을 뽑은 남궁준이 땅을 박찼다.

가벼운 한 걸음이었는데 궁신탄영(弓身彈影)처럼 남궁준의
신형이 순식간에 유하성의 면전까지 도달했다.

그리고 검극은 빛살처럼 유하성의 목울대를 향해 쏘아졌
다.

비무이기에 살기는 없었으나 잘 벼린 검이 찔러 오는 것이
었기에 충분히 위협적이었다.

스윽.

다만 상대가 유하성이라는 게 문제였다.

군더더기 하나 없는 간결한 일검이 섬광처럼 유하성을 노
렸으나 검극이 꿰뚫은 건 원래의 목표가 아니라 텅 빈 허공

이었다.

정확히 반보 움직이는 것으로 유하성이 피해 냈던 것이다.

휘이익!

그러나 남궁준도 만만치 않았다.

벼락같은 쾌검이었으나 이 공격이 먹힐 거라고는 생각하지 않았다.

전력으로 공격했으나 실패할 가능성이 크다고 예상했기에 남궁준은 곧바로 다음 초식을 이어 갔다.

유하성을 따라 검을 내리그었던 것이다.

"오!"

마치 처음부터 예상했다는 듯이 유려하게 사선으로 미끄러지며 유하성의 가슴으로 파고드는 초식에 백현승이 탄성을 터트렸다.

물 흐르듯이 연계되는 초식에 감탄한 것이었다.

부웅!

하지만 자연스럽게 이어지는 공격에도 유하성의 몸에는 닿지 못했다.

정말 아슬아슬한 차이로 유하성이 또 한 번 피해 내서였다.

종이 한 장 차이로 검극이 닿지 못한 채 또다시 허공을 베며 스쳐 지나갔다.

"흐읍!"

간신히 피한 것도 아니고 정확하게 간격을 파악해서 딱 필요한 만큼만 움직였다는 걸 남궁준은 알았다.

아마 검기나 검강을 일으켰어도 결과는 마찬가지였을 것이다.

그러나 그 사실에 자격지심을 느낄 시간은 없었다.

빈 허공을 베는 검을 남궁준은 손목을 비틀어 빠르게 회수했다.

쌔애액!

그러고는 재차 유하성을 향해 휘둘렀다.

남궁세가가 자랑하는 창궁무애검법이 펼쳐진 것이었다.

무애(無涯)라는 뜻처럼 창궁무애검법은 한계가 없었다.

그렇기에 검법을 익힌 무인의 해석에 따라 천차만별의 모습을 보였는데 남궁준의 창궁무애검은 올곧음이었다.

부웅! 부우웅!

눈을 현혹하는 화려한 변초 대신 묵묵하게 앞으로 나아가는 검은 그의 성격과 똑 닮아 있었다.

한마디로 지극히 정석적인 검이었다.

기본에 중심을 두고 탄탄하게 하나하나 쌓아 올린 검.

하지만 그렇다고 해서 변초나 환검에 약한 건 절대 아니었다.

그 어떤 변화와 검영을 꿰뚫어 볼 눈이 남궁준에게는 있었다.

터엉!

다만 문제는 그런 것들이 유하성에게 통하지 않는다는 점이었다.

우직하게 밀고 나아가는 검은 단단하고 묵직했으나 유하성을 흔들 정도는 아니었다.

분명 상당한 수준인 건 확실했지만 냉정하게 말해 유하성의 태극권을 찢어 버릴 수준은 절대 아니었다.

그 사실을 증명하듯 유하성은 연거푸 쇄도하는 남궁준의 검격들을 어렵지 않게 튕겨 냈다.

"큽!"

둘 다 내공은 일절 사용하지 않았다.

오로지 육신의 능력과 초식만으로 승부했다.

한데 그럼에도 남궁준이 받는 충격은 상당했다.

정면으로 부딪친 것도 아니고, 그렇다고 공격을 받은 것도 아니었다.

단지 튕겨 내는 것뿐인데도 검을 타고 흘러 들어오는 충격이 상당했다.

진각을 밟으며 발경을 뿌려 대는 것도 아닌데 말이다.

'할 수 있는 데까지 한다!'

누적되는 충격에 고통이 켜켜이 쌓여 갔다.

물론 단전의 내공을 지금이라도 끌어 올리면 충격 정도는 해소할 수 있었다.

그러나 남궁준은 그러지 않았다.

유하성이 내공을 사용하면 모를까 그가 먼저 내공을 사용할 생각은 없었다.

'처음부터 끝까지 똑같이 간다!'

힘들다고, 고통스럽다고 내공을 사용하는 건 그의 자존심이 용납하지 않았다.

그렇다고 못 버틸 만한 것도 아니었다.

고통스러울 뿐이지 정신을 잃는 수준은 절대 아니었다.

그리고 이와 같은 기회가 언제 또 올 수 있을지 장담할 수 없었다.

터엉! 텅!

때문에 남궁준은 이를 악물고서 악착같이 검을 휘둘렀다.

유하성의 주먹이 검신을 튕겨 낼 때마다 머리가 찌릿해지는 고통이 엄습했지만 남궁준은 참았다.

아니, 오히려 더더욱 저돌적으로 달려들었다.

마치 짐승처럼 오직 지금의 비무에만 집중했다.

스르륵. 스륵.

그런데 어느 순간 충돌음이 들리지 않았다.

남궁준의 맹공을 유하성이 튕겨 내는 대신 피하기만 했던 것이다.

한데 분위기가 이상했다.

검을 휘두르는 남궁준의 눈동자가 흐리멍덩했던 것이다.

"어?"

ㅡ입 닥아.

꿈이라도 꾸는 것처럼 멍한 표정으로 검을 휘두르는 남궁준의 모습에 지켜보던 백현승이 의아한 표정을 지을 때 이춘상의 손이 번개같이 움직였다.

말을 하려 하는 백현승의 입을 막았던 것이다.

남궁준이 무아지경에 빠진 걸 알았기에 이춘상은 다른 이들에게도 전음을 보냈다.

지금이 어떤 순간인지 너무나 잘 알았기에 방해하지 않으려는 것이었다.

스슥. 스슥.

그런 남궁준을 위해 유하성도 조용히 호응해 주었다.

남궁준의 깨달음이 도중에 끊기지 않도록 계속 상대해 주었던 것이다.

"후우."

잠시 후 무아지경에서 빠져나온 남궁준이 길게 날숨을 쉬었다.

그러고는 초롱초롱한 눈으로 유하성을 바라봤다.

중요한 순간에 유하성이 그를 이끌어 주었음을 알고 있어서였다.

"축하드립니다."

"감사합니다. 유 공자님 덕분에 깨달음을 얻었습니다."

"찾아오는 순간에 제가 있었을 뿐입니다."

"그 계기를 만들어 주시지 않았습니까. 유 공자님과의 비무가 아니었다면 이런 경험은 해 보지 못했을 겁니다. 정말 감사합니다. 그리고 도와주셔서 정말 감사합니다."

유하성에 이어 남궁준은 연무장 한쪽에 조용히 서 있던 이들에게도 포권을 했다.

그들의 배려 덕분에 중요한 순간에 방해받지 않을 수 있음을 잘 알아서였다.

짝짝짝!

그런데 그때 경내에서 연구동으로 이어지는 길목에서 커다란 박수 소리가 들렸다.

더불어 익숙한 기척들이 느껴졌다.

"축하한다, 준아."

"아, 아버지?"

"왜 그렇게 놀라? 내가 못 올 곳에 온 것도 아닌데. 안 그렇소이까, 장문인?"

"맞습니다."

남궁준은 물론이고 다른 이들 역시 입을 쩍 벌렸다.

정말 생각지도 못한 인물이 등장해서였다.

"들었던 대로 분위기가 화기애애하고 좋네요. 저도 아들을 데리고 오길 잘한 것 같습니다."

남궁수와 무율의 옆에는 제갈민도 함께 있었다.

중원수호맹 총단에 있어야 할 세 사람이 갑자기 모습을 드러내자 다들 놀란 표정을 감추지 못했다.

"괜찮으시다면 저도 유 공자님께 한 수 배우고 싶습니다."

깜짝 놀란 사람들과 달리 제갈민 옆에 서 있던 제갈성이 눈을 빛내며 말했다.

남궁준이 깨달음을 얻는 걸 봤기에 그 역시 몸이 달아오른 것이었다.

언뜻 보면 백면서생처럼 느껴지는 제갈성이지만 그 역시 무림세가의 소가주이며 무인이었다.

더욱이 유하성과의 비무는 하고 싶다고 해서 할 수 있는 게 아니었기에 제갈성은 진심으로 부탁했다.

"비무도 좋지만 우선은 각자 할 일부터 해야 하지 않겠습니까."

"저야 성이가 비무하는 걸 지켜봐도 됩니다만 장문인께서는 따로 하실 말씀이 있는 모양이군요."

"오랜만에 보는 막내 사제이니까요. 직접 듣고 싶은 얘기도 있고요."

무율이 씨익 웃으며 유하성을 바라봤다.

나눠야 할 대화가 꽤나 많다는 듯이 말이다.

그러면서 그는 연무장 곳곳을 힐끔거렸다.

마치 누군가를 찾듯이 말이다.

"소향이라 했던가?"

"예, 장문사형."

"이름처럼 향기가 날 것같이 밝구먼."

창문 밖에서 아이들과 뛰어노는 이소향을 보며 무율이 흐뭇하게 웃었다.

처음 보는 것이었지만 무율은 느낄 수 있었다.

이소향이 가지고 있는 밝은 기운을 말이다.

천재들 특유의 특별한 분위기는 없으나 그렇기에 묘하게 유하성과 닮은 느낌이었다.

"사랑스러운 아이입니다."

"이렇게 보는 건 처음이지만 사부님께 말은 많이 들었네. 칭찬이 아주 자자하더라고. 전서구만 보면 사제의 제자가 아니라 사부님께서 제자를 들인 것 같아."

유하성이 쓰게 웃었다.

안에서 새는 바가지 밖에서도 샌다는 속담이 떠올라서였다.

이소향을 아껴 주는 건 감사하지만 가끔 보면 조금 과할 때가 있었다.

"장문사형께도 그리 말할 줄은 몰랐습니다."

"난 좋은 일이라고 생각하네. 사실 전쟁이 끝나고 너무 훅

늙어 버린 느낌이 들었던 게 사실이니까."

"그런 느낌이 없지 않아 있기는 했죠."

차를 홀짝이며 유하성이 동조했다.

말을 하지는 않았으나 유하성도 그걸 느끼긴 했다.

명천이 예전 같지 않다는 걸 말이다.

"그래서 어느 소저에게 가장 마음이 가는가?"

"쿨럭!"

갑자기 훅 치고 들어오는 일격에 유하성은 사레가 들렸다.

예상치 못한 순간에 들어온 질문에 당황한 것이었다.

하지만 그 모습에 무율은 오히려 빙그레 웃었다.

"네 명 중 두 명이 무림삼화라니. 정말 대단하다고 생각하네. 허허허."

"장문사형께서 그걸 물어보실 줄은 몰랐습니다."

"개인적으로 궁금했거든. 오죽했으면 남궁세가주와 제갈세가주가 함께 왔겠나. 아무리 전쟁이 마무리되었다고 하나 오대세가의 수장들이신데."

"하오문주와 흑점주는 잡은 것입니까?"

유하성이 슬그머니 화제를 돌렸다.

자연스럽게 번천회로 넘어갔던 것이다.

그러자 무율이 알면서 한 번은 넘어가 주겠다는 표정으로 대답했다.

"수족과 몸통까지는 잡았는데, 하오문주와 흑점주는 아직 잡지 못했네. 그러나 손발이 다 잘려 나갔으니 죽은 것이나 마찬가지지. 중원에서 활동하는 순간 추살대가 다시 만들어질 테고. 아마 그래서 십 년 안에는 아예 중원에 안 들어올 수도 있다고 판단하고 있네. 이미 새로운 하오문주와 흑점주가 나타날 기미가 보이기도 하고."

"그들이 수족일 수도 있지 않습니까? 혹은 보이지 않게 지원을 하거나."

"유 사제의 말대로 그럴 수도 있겠지. 하지만 상관없네. 그렇다면 다시 한번 전쟁을 치르면 되니까."

무율은 웃으며 말했지만 유하성은 느꼈다.

목소리 안에 담긴 싸늘함과 단호함을 말이다.

명분이 없는 무력은 폭력이지만 명분이 있는 무력은 정당한 복수였다.

더욱이 먼저 시작한 쪽은 하오문과 흑점이었다.

"오히려 틈을 주고 일망타진을 노리는 것도 한 가지 방법이겠네요."

"정확하네. 또 언제까지 중원수호맹을 유지할 수도 없고. 우리는 상황이 조금 낫지만 형산파의 경우 재건을 해야 하는 수준이니까. 거기다 비전무공이 유출되기도 했고."

"거기는 정신없겠네요."

유하성이 안타까운 표정을 지었다.

무공이 소실되는 것도 매우 슬픈 일이지만 유출은 그보다 더 심각했다.

거기다 번천회가 들고 나온 파훼법까지 생각하면 형산파의 상황은 더욱 안 좋았다.

"안타깝지만 어쩔 수 없는 일이라네. 무림은 약육강식의 세계이니까. 정도무림이라고 해도 그건 달라지지 않으니."

"역사와 저력이 있는 문파이니 이겨 낼 거라고 생각합니다."

"나도 그렇게 생각한다네. 쉽게 무너질 곳은 절대 아니야. 아직 많은 제자들이 남아 있기도 하고. 제자가 있고 기억하는 사람들이 있는 한 문파는 사라지지 않으니. 우리와는 인연도 있기에 조금은 도와줄 생각이네."

"덕을 베푸는 건 좋은 일이라고 생각합니다. 당장은 아니라도 나중에는 반드시 돌아올 겁니다."

"나도 그렇게 생각한다네."

무율이 빙그레 웃었다.

그 역시 유하성과 같은 생각이었다.

몇 번의 습격과 번천회와의 전쟁으로 인해 무당파의 상황도 그리 좋은 것만은 아니었다.

피해가 없을 수만은 없었고, 내부적으로 문제도 있었다.

그러나 형산파나 사천당가만큼은 아니었다.

그렇기에 무율은 크지는 않더라도 무리가 가지 않는 선에서 도움을 줄 생각이었다.

"저도 도울 일이 있다면 돕겠습니다."

"사제는 이미 넘치도록 돕고 있네. 그뿐만 아니라 무당파의 명예도 드높이고 있지."

애초의 시작은 아이들에 대한 연민이었을 것이었다.

그런데 그 결과가 세인들의 칭송과 찬양이었다.

유하성의 입장에서는 할 수 있는 것을 한 것뿐인데 말이다.

거기에 오히려 무당파가 숟가락을 얹은 것이나 마찬가지였다.

"그 정도까지는 아닙니다."

"겸손할 거 없네. 나도 그렇게 생각하고 있으니까. 나도 못한 걸 사제가 해냈으니까. 모두는 아니지만, 대부분은 그리 생각한다네. 그래서 사제에게 미안한 것도 있고."

"미안한 것이요?"

유하성의 눈동자에 의아함이 떠올랐다.

뜬금없이 미안하다고 하자 이게 무슨 소리인가 싶어서였다.

"원일에게서 사제에게 불미스러운 일이 있었다고 들었네. 사부님께서 직접 처리하셨다고."

"아."

무양과 무홍에 대한 이야기임을 알아차린 유하성이 고개를 저었다.

그는 그게 딱히 불미스러운 일이라고 생각하지 않아서였다.

사람은 각기 다른 생각을 가지고 있었고, 모두에게서 호감을 살 수는 없었다.

만약 그랬다면 파벌이라는 것 자체가 없었을 터였다.

"미안하네. 내가 좀 더 신경 썼어야 했는데. 특히나 사제 같은 경우에는."

"괜찮습니다. 충분히 그럴 수 있다고 생각합니다."

"맞네. 그럴 수 있지. 하지만 그렇기에 더더욱 그래서는 안 된다고 생각하네."

무율이 단호하게 말했다.

유하성의 말도 일리는 있었다.

모두가 같은 생각을 할 수는 없었다.

하지만 적어도 사형제끼리 그래서는 안 되었다.

'유 사제는 무당의 보물이다.'

아직도 무율은 선명하게 기억하고 있었다.

사부인 명천이 했던 말을 말이다.

그리고 그 역시 동의했다.

몇몇 세인들은 무당일학이라 불리는 그보다 유하성을 더 우위에 놓았다.

번천회와의 전쟁에서 유하성이 보여 준 모습 때문이었다.

괜히 패왕이라는 칭호가 붙은 게 아니었고.

그래서 몇몇은 그와 유하성의 사이가 그리 좋지는 않을 거라고 유언비어를 퍼트리기도 했다.

'말도 안 되는 소리지.'

무인으로서 질투가 나지 않느냐고 물어본다면 무율은 고민하지 않고 대답할 수 있었다.

솔직하게는 질투가 난다고 말이다.

하지만 그렇다고 해서 유하성이 밉다거나 싫은 건 절대 아니었다.

오히려 유하성과도 같은 무인이 무당에서 나와서 너무나 감사하고 행복했다.

일개 무인으로서는 질투가 나지만 장문인으로서는 너무나 고마운 존재가 유하성이었다.

그런데 아무것도 모르는 이들이 말도 안 되는 헛소문을 지껄이고 다녔다.

"이미 끝난 일이지 않습니까. 자세히는 듣지 못했습니다만 사백께서 처리하신 걸로 알고 있습니다."

"그래도 말은 해야 할 것 같아서 말일세. 지금도 그렇지만 앞으로도 나는 사제의 편일세. 그러니 무슨 일이 생기면 언제라도 찾아오게나."

"알겠습니다."

무당패왕이라 불리는 걸 떠나서 유하성에게는 갚아야 할 빚이 있었다.

오랜 세월 무관심 속에서 명운과 함께 면장과 십단금을 복원해 온 무인이 유하성이었다.

그렇기에 그와 무당파는 그 빚을 갚아야 할 의무가 있었다.

다시는 반복되지 않아야 한다고 생각했고.

"흠흠! 사실 이렇게 말을 한 건 유 사제에게 한 가지 부탁하고 싶은 게 있어서네."

"말씀하시죠."

내용과는 달리 농담조가 섞인 무율의 말에 유하성이 옅게 웃었다.

일부러 분위기를 환기시키고자 이렇게 말하는 것임을 잘 알아서였다.

명천이 철혈의 군주라 불릴 정도로 위엄 넘치게 무당파를 이끌었다면 무율은 조금 달랐다.

단호한 건 똑같았지만 명천보다는 훨씬 더 부드러웠다.

"원일에게 면장을 가르치는 중이지 않나."

"예. 저번에 보고드린 대로 면장과 십단금은 각각 비급으로 만들어서 명천 사백께 드렸습니다. 원일은 제가 직접 가르치고 있고요. 장문사형께서 허락하신 다음 날부터 가르치고 있습니다."

"알지. 설마 내가 허락한 일을 기억하지 못할까 봐. 내 말은 그게 아니라 나에게도 알려 줄 수 있나 해서 묻는 것이네."

"······장문사형께요?"

유하성의 두 눈이 크게 떠졌다.

그 정도로 정말 의외의 부탁이어서였다.

생각지도 못한 무율의 부탁에 유하성은 자기도 모르게 입을 벌렸다.

"사제에게 전수를 받는 게 이상한 일은 아니지 않나?"

"어, 보통은 드물지요."

"태극혜검은 가르쳐 줄 수 없지만 이런저런 조언은 해 줄 수 있다네. 막혀 있는 경지를 단숨에 뚫어 버릴 엄청난 조언은 힘들지만 말일세."

"그게 아니라, 괜찮으시겠습니까?"

표정을 가다듬은 유하성이 조심스럽게 물었다.

무율은 다른 이도 아니고 무당파의 장문인이었다.

무당파를 대표하는 무인이 바로 그였다.

그런데 자신에게 면장과 십단금을 전수받고 싶다고 하자 유하성은 살짝 놀랐다.

"안 괜찮을 건 또 뭔가? 그리고 장문인으로서 무당면장과 십단금은 알고 있어야 하지 않겠나? 물론 쉽게 익히긴 힘들겠지만 그럼에도 알고는 있어야 한다고 생각하네."

"맞는 말씀이기는 합니다만."

"혹시 유 사제가 불편해서 그러는 건 아닌가?"

"안 불편하면 그게 더 이상하지 않겠습니까?"

무율이 했던 것처럼 유하성도 비슷하게 대답했다.

그러자 무율이 호탕하게 웃었다.

"하하하! 알지. 그런데 어쩌겠나. 면장과 십단금을 가장 잘 아는 이가 유 사제 아닌가? 두 무공을 대성한 것도 유 사제뿐이고."

"단순히 무공 전수를 원하시는 거라면 저보다는 명천 사백께 배우는 게 낫지 않겠습니까?"

유하성은 한발 물러났다.

아무리 그가 십단금과 면장의 대가라고 하나 그래도 이건 아니었다.

두 무공을 가장 잘 아는 건 맞지만 그렇다고 오직 유하성만 가르칠 수 있는 건 또 아니었다.

"내가 장담컨대 사부께서는 훑어보고 연구는 하셨을지언정 따로 익히지는 않았을 것이네. 그저 보는 것만으로도 핵심을 꿰뚫어 보셨을 테고. 물론 제대로 익히지 않았음에도 어느 정도 수준의 면장과 십단금을 펼칠 수 있으시겠으나 이왕이면 전문가에게 배우는 게 가장 낫지 않겠나? 그렇다고 제자인 원일에게 배우는 건 말이 안 되고."

"……그렇긴 하죠."

구구절절한 무율의 설명에 유하성은 고개를 끄덕일 수밖에 없었다.

확실히 명천과 그, 원일 중에서 골라야 한다면 아무래도 그가 가장 나았다.

"배우려면 제대로 배워야 하지 않겠나? 나는 그렇게 생각한다네."

"장문사형께서 그리 말씀하시니, 알겠습니다. 그럼 제가 장문사형께서 원하시는 시간에 찾아뵙겠습니다."

"그럴 수 있나. 배우는 사람이 당연히 찾아가야지. 겸사겸사 아이들도 보고. 망아지들과 함께 뛰어노는 걸 보니 마음이 정화가 되는 느낌이야. 매일 서류에만 파묻혀 있는 거, 아주 안 좋네. 사부님께서 왜 매일 눈 밑이 검어지는지 장문인이 되고 나니까 알겠더라고."

농담같이 말했지만 유하성은 알았다.

지금의 말이 마음속에서 우러나오는 진심이라는 걸 말이다.

더불어 원일이 하루에 한 번씩 앓는 소리를 냈던 것도 기억이 났다.

"그래도 제가 찾아가는 게 낫지 않겠습니까."

"어차피 무공 전수를 할 때는 사람이 없는 공터로 갈 거 아닌가. 괜찮네. 산책 삼아 둘러보고, 사질과도 좀 친해질 겸 찾아가겠네."

"알겠습니다."

이렇게까지 말하는데 유하성으로서도 계속 거절할 수만은

없었다.

무율의 입장에서도 새로운 사질이 된 이소향이 궁금하기도 할 테고 말이다.

안 그래도 아까 전 연무장을 살펴보던 시선을 확인했기에 유하성은 마지못해 받아들였다.

퍼펑! 퍼어엉!

"……진짜 저기에 있다고?"

"제가 전해 듣기로는 그렇습니다."

심상치 않은 폭발음과 함께 활짝 열린 창문에서 새까만 연기가 무럭무럭 솟구쳤다.

환기를 위해서가 아니라 살기 위해서 열어 놓은 듯한 창문의 모습에 다가가던 제갈민이 마른침을 삼켰다.

왠지 모르게 접근하면 안 될 것 같은 기분이 들어서였다.

"정말?"

"예. 저기 나오지 않습니까."

"콜록콜록!"

"으으!"

"또 터졌어!"

격렬한 기침 소리와 함께 여인들이 우르르 뛰어 나왔다.

하나같이 손으로 입과 코를 가리고서 밖으로 나왔던 것이다.

그러고는 다급하게 숨을 들이쉬었다.

"허허허……."

익숙한 여인들의 모습에 제갈민은 헛웃음이 나왔다.

요리를 배우고 있다는 소식을 전해 들었을 때부터 사실 그는 걱정했었다.

태어나서 부엌에 들어가 본 적이 없는 아이가 요리를 한다는 것 자체가 어불성설이었다.

물론 배우면 는다지만 손에 물 묻히는 일이라고는 씻는 것밖에 모르는 딸아이가 배운다고 실력이 확 늘 거라는 생각은 들지 않았다.

"허참."

그건 옆에 있던 남궁수도 같은 생각이었는지 장탄식을 흘렸다.

몽글몽글 피어오르는 연기만 봐도 어떤 상황인지 충분히 짐작이 가서였다.

"이거 괜히 왔다는 생각이 드네만."

"나도 막 그 생각이 들던 참이야."

"하하하……."

부친과 남궁수의 대화에 끌려오다시피 한 제갈성이 어색하게 웃었다.

그 역시 두 사람과 같은 생각이어서였다.

"후아! 이제 좀 살겠네요."

"대체 왜 폭발을 하는 거지?"

"그러니까요. 분명 순서대로 재료를 넣었는데."

"불의 세기도 확실하게 확인했는데."

폭발의 여파인지 네 여인들의 옷에는 잿가루가 가득 묻어 있었다.

그런데 그게 이제는 익숙한 모양인지 누구 하나 신경 쓰지 않았다.

오히려 폭발에 대해서 진지하게 토론했다.

아무리 추론해 봐도 답이 나오지 않아서였다.

"소혜야. 왜 폭발한 거야?"

"어, 그게……."

제갈령령의 부름에 소혜가 퍼뜩 놀라며 눈치를 살폈다.

말을 해도 되나 하는 표정이었다.

제갈령령 혼자만 있었다면 정말 냉정하게 문제점을 콕 짚어 말해 주었을 텐데 지금 이 자리에는 남궁희수와 서문예지, 그리고 황주연이 있었기에 소혜는 목젖까지 올라온 말을 다시 삼켰다.

"그건 나도 궁금하구나."

"아버지!"

"이왕이면 아빠라고 불러 줬으면 좋겠구나."

난데없이 들려온 부친의 목소리에 제갈령령이 깜짝 놀랐다.

그리고 그건 남궁희수도 마찬가지였다.

제갈민의 목소리에 고개를 돌리자 남궁수가 서 있는 걸 볼 수 있어서였다.

"아빠!"

"으허허허!"

제갈령령과는 다르게 아빠라 부르는 남궁희수의 모습에 남궁수가 아주 흡족한 얼굴로 너털웃음을 터트렸다.

제갈민을 은근슬쩍 쳐다보면서 말이다.

마치 자랑하듯이 일부러 시선을 주는 남궁수의 모습에 제갈민이 입맛을 다셨다.

"여긴 어쩐 일이세요, 아빠?"

제갈민의 얼굴에 서운한 기색이 서리자 제갈령령은 평소에 잘 하지 않는 애교 섞인 목소리로 물으며 다가갔다.

그러자 제갈민의 표정이 흐물흐물하게 변했다.

딸의 애교에 말 그대로 녹아내린 것이었다.

"나이를 먹을수록 애가 되어 간다더니만."

"자네에게 그런 말을 들을 줄은 몰랐는데."

제갈민이 실소를 흘렸다.

다른 사람도 아니고 남궁수에게 이런 말을 들을 줄은 몰라서였다.

평소에 하는 것처럼 근엄한 척을 해 주었으면 좋겠는데 이상하게 그를 비롯해서 편한 사람들이 있으면 지금처럼 껄렁거렸다.

제갈민은 딱 그것만 바뀌었으면 좋겠다고 생각했다.

"고상한 척하기는."

"이왕 할 거면 하나만 확실하게 보여 주었으면 좋겠네만."

"그건 좀 생각해 보고."

"하아."

"안녕하세요."

두 사람의 대화가 어느 정도 정리된 듯하자 제갈령령이 꾸벅 고개를 숙였다.

남궁수에게 인사했던 것이다.

그러자 뒤따라온 남궁희수와 서문예지, 황주연도 제갈민과 남궁수에게 차례대로 인사했다.

"그래그래. 보아하니 잘 지내는 것 같구나. 열심히 사는 것도 같고. 결과는 썩 좋아 보이지 않는다만."

"매일 좋아지고 있어요."

어색하게 웃는 제갈령령을 대신해 딸인 남궁희수가 입을 열었다.

하지만 그 말에 남궁수는 떨떠름한 표정을 지었다.

대체 어디가 좋아지고 있는 건지 알 수가 없어서였다.

"……다친 곳은 없고? 손가락이 베였다거나."

武當霸王
무당
패왕

"검가의 여식이 손을 베이는 게 말이 돼요? 다른 건 몰라도 칼질은 자신 있어요."

남궁희수가 실소를 흘리며 대답했다.

천하제일검가라 불리는 남궁세가의 여식이 그녀였다.

불과 냄비를 잘 못 다뤄서 그렇지 식칼을 다루는 건 자신 있었다.

"그건 다행이구나. 연습은 아직 남았니?"

"더 해야 하는데 손님도 오셨으니 이쯤 해야 할 거 같아요. 우선은 정리부터 해야 하고요."

제갈민과 제갈성을 차례대로 바라보며 남궁희수가 입을 열었다.

그사이 시비들은 부엌으로 들어가 정리를 하고 있었다.

새까만 연기가 어느 정도 빠졌기에 치우러 들어간 것이었다.

"그럼 이따가 보자고."

"그러세."

남궁수가 남궁희수를 데리고 몸을 돌리자 제갈민도 제갈령령과 함께 이동했다.

제갈령령이 머무는 방으로 향했던 것이다.

"괜찮죠?"

"아담하니 좋구나."

"너무 큰 것보다 이렇게 딱 필요한 것만 있는 것도 괜찮더라고요. 조용하면서 활기도 넘치고."

방으로 들어온 제갈령령이 창문을 열었다.

환기도 시킬 겸 풍광을 보여 주기 위해서였다.

"시끄럽지는 않고?"

"전혀요. 아이들이 얼마나 예의가 바른데요."

"얘기는 들었다. 꽤 많은 아이들을 거두었다고."

"네. 믿을 수 있는 사람은 언제나 필요하니까요. 저를 위해서도, 오빠를 위해서라도요."

"믿음이라."

제갈민이 중얼거렸다.

방계는 물론이거니와 직계조차도 번천회의 꾐에 넘어가 혈족을 배신했다.

그렇다 보니 아무리 제갈령령의 말이라도 받아들이기가 쉽지 않았다.

"아버지께서 무엇을 걱정하시는지 잘 알아요. 그런데 한 가지 놓치신 게 있어요. 배신자들이 배신을 하게 된 이유요."

"⋯⋯욕심 때문이겠지."

"맞아요. 욕심은 화를 부르는 법이고요. 하지만 아이들은 달라요. 욕심이 없다는 게 아니라 배신자들과는 원하는 게 달라요."

"호오."

제갈민은 물론이고 잠자코 앉아 있던 제갈성도 눈을 빛냈다.

제갈령령이 무엇을 말하고자 하는지 바로 알아차린 것이었다.

"그리고 아직 아이들은 어려요. 지금부터 충성심을 심어 준다면, 저희 쪽에서 믿음을 심어 준다면 완벽하게 우리 사람이 될 수 있을 거예요."

"확실히 그럴 수도 있겠지. 다만 문제는 그럴 만한 가치가 있느냐는 것이다."

"어떻게 성장시키느냐에 따라 달라지지 않겠어요? 적어도 관성적으로 수련하는 이들보다는 열의와 독기를 가지고 수련하는 이들이 더 가시적인 성과를 내지 않을까요? 물론 재능의 벽이 있다는 걸 저도 잘 알고 있어요. 그러나 모든 사람에게는 각기 다른 능력과 역량이 있다고 생각해요. 그중에 하나를 아이들은 가지고 있고요. 정확하게는 우리가 잘 키워 줘야 하겠지만요."

"쓰임새가 다르긴 하지."

제갈민이 턱을 쓰다듬었다.

애초에 제갈령령이 바란 건 진흙 속에서 진주를 찾는 게 아니었다.

평범하지만 믿을 수 있는 인재를 구한 것이었다.

"가장 어렵고 힘든 시기에 손을 내밀어 준 사람을 배신하는 건 쉽지 않아요. 가족은 하늘이 맺어 준 인연이지만 그렇기에 당연하다고 여기는 이들이 있고요."

"저게 내 것이라고 생각하는 욕망덩어리도 많지."

제갈령령이 싱긋 웃었다.

고상한 성격의 부친답게 역시 말을 함부로 하지 않았다.

보통은 머저리나 병신 새끼라는 단어를 선택할 텐데 제갈민은 그걸 순화시켰다.

"맞아요. 자신이 한 일이라고는 그저 운 좋게 좋은 가문에서 태어난 게 전부인데 말이죠."

"걱정하지 마라. 결정을 번복할 생각은 없으니까. 또 어떻게 보면 유 공자와 또 다른 끈이 생긴 것이나 마찬가지니. 우선 본 가를 좋게 볼 것 아니더냐."

"그렇죠."

부친의 말에 제갈령령이 싱긋 웃었다.

그녀 역시 여기까지 노리고 아이들을 가솔로 받아들인 것이었다.

물론 가장 큰 이유는 믿을 만한 아이들이라는 점 때문이었지만.

꽤 오랫동안 직접 보기도 했고 말이다.

"그런데 성과는 영 시원치 않은 것 같다만."

"상대가 상대이니까요."

제갈령령이 깊은 한숨을 내쉬었다.

보통 여인들도 아니고 무려 무림삼화 중 두 명이었다.

거기다 금와장이라는 배경은 무림오대세가와 비교해도 절대 뒤떨어지지 않았다.

"먼저 온 보람이 없네."

"내 말이."

"지금이라도 포기하는 건 어때?"

조용히 부친과 여동생의 대화를 듣고만 있던 제갈성이 입을 열었다.

어쩌면 지금이 적기일 수도 있어서였다.

혼자 하산했다면 경쟁에서 패배했다는 소문이 돌겠지만 지금 가족들과 같이 본가로 돌아간다면 할 일을 마치고 복귀한 것이라 말할 수 있었다.

"포기하라고?"

"응. 네 말대로 상대가 만만치 않잖아."

"도와주지는 못할망정."

제갈령령이 곱게 눈을 흘겼다.

남궁준처럼 도와주지는 못할망정 초를 치는 오빠의 말에 제갈령령이 점차 날카로워지는 눈빛으로 쏘아봤다.

"네 생각은 어떠니?"

그 심상치 않은 기세를 느낀 것일까.

제갈민이 시기적절하게 입을 열었다.

"저는 포기할 생각 없어요. 유 공자님은 절대 놓쳐서는 안 돼요."

"그렇다면 남아 있거라."

"실패할 수도 있어요."

일말의 망설임도 없이 제갈민이 결정을 내렸다.

딸의 결정을 존중하겠다는 듯이 말이다.

그런 부친의 모습에 제갈령령이 조심스럽게 말했다.

"실패하지 않는 사람은 없다. 성공이 쉬웠다면 모든 이들이 성공에 목을 매지는 않았겠지. 그러니 실패해도 괜찮다. 그 후의 일은 내가 해결해 줄 테니까. 그러라고 아빠가, 부모가 있는 거란다."

"아빠."

제갈령령의 눈동자가 촉촉해졌다.

무조건적인 응원에 감동한 것이었다.

한편 남궁수는 유하성을 찾아왔다.

남궁희수와 짧게 대화를 나눈 후 그를 따로 찾았던 것이다.

아들이 있음에도 남궁수는 유하성을 먼저 찾았다.

"흐음. 그새 더 강해진 거 같은데?"

유하성이 따라 준 차를 마시며 남궁수가 두 눈을 게슴츠레하게 떴다.

연무장에서 봤을 때도 어느 정도 느끼긴 했지만 이렇게 마주 보고 앉아 있으니 확실하게 알 수 있었다.

지난번에 만났을 때보다 더 발전했음을 말이다.

"시간이 제법 흘렀으니까요."

"하긴. 모두에게 시간은 똑같이 주어지지만 그에 따른 결과는 다른 법이니까. 근데 너무 차이 나네."

남궁수가 씁쓸한 어조로 중얼거렸다.

그의 아들인 남궁준도 어디 가서 꿀리는 무인은 절대 아니었다.

오히려 태어나서 지금껏 군계일학이라는 별호를 시도 때도 없이 듣고 자란 무인이었다.

그런데 유하성의 옆에 있으면 용 옆의 학처럼 보였다.

"칭찬 감사합니다."

"제자를 들여서 그런가? 조금 유해진 거 같은데?"

"원래 유했습니다만."

"전혀. 나는 언제나 벽과 대화하는 느낌이었다고."

남궁수가 단호하게 고개를 저었다.

인정할 건 인정하는 남자가 그였다.

그러나 이건 인정할 수 없었다.

"몸은 괜찮으십니까?"

"말 돌리긴. 다친 지가 언젠데. 지금까지 아프면 침상에

누워 있어야지. 그보다 내가 온 이유, 알지?"

"글쎄요."

후르릅.

남궁수가 의미심장한 얼굴로 물었다.

하지만 유하성은 이미 예상하고 있었다는 듯이 애매모호
하게 대답했다.

알아서 적당히 넘어가기를 바라면서 말이다.

"모르는 척하긴. 내가 여기까지 올 이유가 뭐겠어?"

"자녀분들 때문이지 않습니까?"

"맞아. 정확하게는 딸내미 때문이지. 예상치 못한 성과도
있었고. 근데 지금 중요한 건 이게 아니고."

"제 대답을 알고 계시지 않습니까?"

"그래서 묻는 거야. 대체 왜?"

남궁수가 의구심을 가득 담아 물었다.

그로서는 도저히 이해가 되지 않아서였다.

모든 남자들이 눈독 들이는 여인이 남궁희수였다.

천하에서 세 손가락 안에 드는 미녀가 그녀였고.

"저도 한 가지 묻고 싶습니다. 대체 왜 이러시는 겁니까?"

"응?"

남궁수가 두 눈을 동그랗게 떴다.

이게 무슨 소리인가 싶어서였다.

말은 단순한데 그 안에 담긴 저의를 알 수가 없었다.

"저는 어느 정도 의사표명을 했다고 생각합니다만. 그런데 무작정 남궁 소저를 보내시더군요."

남궁희수는 밝은 성격과 달리 자존심이 강한 여인이었다.

하지만 자존심만큼이나 책임감 역시 강했다.

그렇기에 그 시간에, 그 옷차림으로 그를 찾아온 것이었다.

"이유라. 자네도 알고 있지 않나?"

"너무 강요한다고 생각하지는 않으십니까?"

"하하하하."

남궁수가 너털웃음을 흘렸다.

다른 이가 이런 말을 했다면 그는 당장 호통을 쳤을 터였다.

복에 겨운 줄도 모르고 이딴 소리를 지껄인다고 말이다.

그러나 말하는 이는 유하성이었다.

충분히 이렇게 말할 자격이 있었다.

유하성이었기에 그토록 아끼던 남궁희수를 보낸 것이기도 하고.

"단 한 번이라도 제 입장을 생각해 봤다면 그러지는 못했을 겁니다."

"기분이 묘하군. 이런 반응이 나올 줄은 정말 꿈에도 예상하지 못했는데. 근데 맞아. 틀린 말이 아니야. 마음의 준비가 안 된 이에게 이 아이를 만나 보라고 들이민 건 사실이니까."

심기가 아주 조금 불편하기는 했지만 틀린 말은 아니었다.

물론 그렇다고 해서 완전하게 이해가 된 건 아니었지만 말이다.

대체 어느 누가 무림삼화의 백화를, 그것도 남궁세가의 금지옥엽을 거부할 수 있을까.

그런데 실제로 그렇게 한 인물이 있었다.

"이해하셨다니 다행입니다."

"나를 어떻게 보고. 나 그렇게 말이 안 통하는 성격 아니네."

"……."

유하성은 대답하지 않았다.

친구 사이라 할 수 있는 제갈민과 대화하는 걸 보면 말과는 다르다는 사실을 알 수 있어서였다.

"더불어 이해가 가. 나도 젊었을 적에는 자네와 비슷했거든. 아주 장난 아니었지. 관심도 없던 여자가 어찌나 들이대던지."

"그게 되돌아온 걸 수도 있습니다."

"그 말은 자네도 마찬가지일 수도 있단 얘기지. 딸은 아직 먼 얘기고, 제자에게 그런 일이 벌어진다면 어떻겠나?"

"으음!"

남궁수가 씨익 웃으며 반격을 날렸다.

그런데 그게 의외로 치명타였다.

이소향이 관심 있는 남자에게 차였을 거라고 생각하니 심장에 돌덩이가 얹어진 것처럼 가슴이 답답했다.

"거 보게. 후후후!"

"생각해 보니 상황이 조금 다른 것 같습니다. 적어도 저는 소향이를 강제로 보내지는 않을 것입니다."

"이런이런. 자네도 한 가지를 간과한 거 같은데. 물론 내가 권유한 건 사실이지만 과연 희수가 싫은데 억지로 받아들였을까?"

"신분과 지위, 그리고 보이지 않는 압박으로 인해 받아들였을 수도 있지요. 애초에 명문세가의 여식은 정략결혼이 당연시되어 있기도 하고."

"그럴 수도 있겠지. 그러나 중요한 건 어느 정도는 자발적으로 온 거라는 사실이지. 그래서 말인데, 어떻게 생각하나? 이왕 말이 나온 거 우리 서로 속 시원하게 말해 보자고."

남궁수의 표정이 일변했다.

조금은 장난기가 서렸던 표정이 삽시간에 진지해졌다.

그러고는 근엄한 얼굴로 유하성을 바라봤다.

"아직은 생각 없습니다."

물론 달라진 기세에 겁을 먹을 유하성이 아니었다.

아니다 싶으면 들이받는 성격답게 유하성은 확고한 어조로 말했다.

그런데 남궁수는 그 말을 다르게 받아들였다.

"싫지는 않다는 거군."

"왜 말이 그렇게 흘러가는 겁니까?"

"이게 중요한 거거든. 싫으면 아예 시도조차 할 수가 없어. 특히 남자는 한번 싫으면 웬만해서는 마음이 변하지 않거든. 내 딸이어서가 아니라 냉정하게 말해서 희수를 싫어하는 놈팡이는 이 세상에 있을 리가 없기도 하고."

남궁수가 자부심 가득한 표정으로 말했다.

딸이어서 예쁜 것도 있지만 객관적으로 봐도 남궁희수는 짝을 찾기 힘들 정도의 미녀였다.

남자라면 열이면 열 다 좋아할 수밖에 없는 미인이 남궁희수였다.

"어쨌든 강요는 하지 말아 주셨으면 좋겠습니다. 이 말을 꼭 한번 하고 싶었습니다."

"난 강요한 적이 없는데, 자네가 그렇게 받아들였을 수도 있으니 알겠어. 기억해 두지."

유하성이 묘한 눈으로 남궁수를 지그시 바라봤다.

기분이 나쁠 법도 한데 남궁수는 그런 기색을 전혀 드러내지 않았다.

게다가 '그 일'에 대해서 전혀 모르는 눈치였다.

'시킨 게 아니란 말인가?'

유하성의 머리가 복잡해졌다.

당연히 그날 밤 일은 남궁수가 지시했을 거라고 생각했다.

그렇지 않고서는 남궁희수가 그렇게까지 했으리라고는 생각하기 힘들어서였다.

한데 지금의 모습을 보니 긴가민가했다.

"어찌 됐든 중요한 건 지금은 별다른 생각이 없다는 거로군. 제갈령령, 황주연, 서문예지가 달려드는데도 말이지."

"감사하지만 그렇기에 부담스러운 것도 사실입니다."

"쯧쯧. 단순하게 생각하면 될 일을. 그 아이들이 괜히 자네를 찍었겠나? 자네에게 그만한 가치가 있다고 생각하니까 이곳까지 찾아온 거고. 그래서 내가 본 가에서 용봉회가 열렸을 때 어떻게든 붙잡으려고 한 건데……."

"혼잣말은 속으로 하셨으면 좋겠습니다만."

"응? 내가 중얼거렸나?"

"예."

남궁수가 천연덕스럽게 물었다.

마치 정말 몰랐다는 듯이 말이다.

그러나 유하성의 눈에는 보였다.

너무나 어설픈 연기가 말이다.

"쉽게 생각하게, 쉽게. 한 명을 고를 수 없다면 전부 다 받아들이는 것도 한 가지 방법이야. 물론 정실 자리는 우리 희수에게 주었으면 좋겠고."

"……하아."

유하성은 머리가 지끈거렸다.

돌고 돌아 다시 제자리로 돌아온 느낌이 들어서였다.

동시에 남궁수가 쉽게 포기하지 않을 것임을 알 수 있었다.

"객관적으로 봐도 자네의 짝으로 내 딸아이가 부족하다고 생각하지는 않거든."

하지만 남궁수에게는 그 모습이 보이지 않는 건지, 아니면 못 본 척을 하는 건지 자기 하고 싶은 말만 하고 있었다.

그래서 유하성도 대놓고 한숨을 내쉬었다.

"어렵게 생각할 거 없어."

"보통은 좋은 곳에, 사랑받을 수 있는 남자에게 딸을 시집 보내지 않습니까?"

"그래서 자네를 선택한 거야. 아주 좋은 남자이니까. 경쟁이야 당연히 있을 걸 알고 있었고. 원래 내 눈에 먹기 좋은 떡은 남의 눈에도 먹기 좋아 보이는 법이니까."

"……뒷감당을 어떻게 하시려고 이러십니까?"

유하성이 강수를 두었다.

지금처럼 들이대는 건 남궁수와 남궁희수의 선택이었다.

즉 유하성이 말릴 자격은 없었다.

그러나 유하성 역시 끝까지 거절할 자격이 있었다.

"이런 말이 있지. 안 되면 되게 하라. 나는 희수를 믿는다네."

한데 그걸 모르지 않을 텐데도 남궁수는 의미심장하게 웃었다.

결국에는 원하는 대로 만들 자신이 있다는 듯이 말이다.

"두고 보면 알겠지요. 어쨌든 저는 말씀드렸습니다."

"걱정 말게. 나중에 자네에게 딴소리는 절대 하지 않을 거니까. 후후후!"

의미심장한 웃음소리가 방 안에 잔잔하게 울려 퍼졌다.

하지만 유하성은 더는 말하지 않았다.

일단의 무리가 산길을 올랐다.

무려 서른 명 가까이 되는 젊은 남녀가 주위 풍광을 즐기며 천천히 비탈길을 올랐던 것이다.

몇몇은 무당산에 와 본 적이 있지만 반 가까이는 처음이라서 그런지 다들 주변의 풍광에 감탄사를 터트렸다.

"느낌이 확실히 다르네."

"웅장하고 크네. 전체적으로 장엄한 느낌이야."

"그래도 본 산보다는 못해."

"그건 당연하지."

전원이 똑같은 복장을 하고 있었지만 성격은 확연히 달랐다.

그리고 각자의 생각을 기탄없이 말했다.

"저기 산문이네."

"구경하면서 올라오니까 금방이네요, 대사형."

"그러게."

"근데 만나 주기는 하겠지만 그걸 받아 줄까요?"

이십 대 초반으로 보이는 예쁘장한 여인이 옆에서 나란히 경신술을 펼치는 청년에게 물었다.

반듯한 인상에 부드러운 눈매를 가진 청년이었는데 여인의 말에 턱을 쓰다듬었다.

"아무래도 쉽지는 않겠지?"

"소문에는 성격이 꽤나 모난 것 같던데."

"사매는 못 봤지?"

"예. 저는 본 산에 남아 있었어요."

여인이 입술을 삐죽 내밀었다.

그녀도 사문을 대표하는 당당한 검객인데 번천회와의 전쟁에는 참전하지 못했다.

장문인이 직접 본 산에 남아 있으라고 해서였다.

"저는 봤습니다, 대사형."

"사제가 보기에는 어땠어?"

"인정하기 싫지만, 엄청났습니다."

두 남녀의 곁으로 통통한 체격의 청년이 다가왔다.

은근슬쩍 대화에 끼어들었던 것이다.

그런데 그건 뒤따르는 이들도 마찬가지였다.

아닌 척하면서 세 사람의 대화에 귀를 기울였다.

"그러니 왕의 칭호를 얻었겠지."

"뭐랄까. 평소의 분위기는 절대 별호와 같지 않았습니다. 여느 무당파의 제자와 비슷하다고 할까요. 아, 그렇다고 일반화를 시키는 건 아닙니다."

"당연히 알지. 우리만 하더라도 분위기가 비슷하면서도 다르니까. 그것과 비슷하겠지."

"맞습니다. 사매처럼 통통 튀는 성격이 있는 것처럼 말이죠."

"통통 튀는 성격은 저보다는 현중 사형 같은데요?"

여인이 흥흥거리며 쏘아붙였다.

하지만 그녀의 톡 쏘는 말투에도 현중이라 불린 청년은 히죽 웃었다.

이러는 게 하루 이틀이 아니었기 때문이다.

그들에게는 이게 일상이었다.

"맞아. 나는 덕이 있지. 허허허."

"으악!"

통통하게 튀어나온 배를 흐뭇하게 손으로 두드리는 현중의 모습에 여인이 고개를 홱 돌렸다.

못 볼 걸 봤다는 듯이 말이다.

그러나 대사형이라 불린 청년은 그저 사람 좋은 미소만 지었다.

저러는 게 한두 번이 아니어서였다.

"어서 오십시오."

나름 화기애애한 분위기 속에서 이동하던 이들의 앞으로 원일이 나타났다.

분명 방금 전까지만 해도 산문에서 보이지 않았는데 말이다.

"오랜만입니다, 원일 진인."

"총단에서 헤어지고 이렇게 빨리 다시 만날 줄은 몰랐는데 말이죠."

"하하. 저도 그렇습니다."

오랜 시간 폐관수련을 했던 청년 대신 현중이 특유의 넉넉한 웃음을 지으며 인사했다.

그러고는 자연스럽게 청년을 소개했다.

"여기 이 분은 저희 대사형이십니다."

"처음 뵙겠습니다. 현광이라고 합니다."

"원일이라고 합니다."

현중의 소개에 현광이 정중하게 포권을 했다.

그러자 원일 역시 마주 포권했다.

"안녕하세요."

"오랜만입니다!"

뒤이어 여인을 비롯해서 다른 이들도 원일에게 인사했다.

대부분은 아는 얼굴들이었지만 몇몇은 아니었다.

특히 원일은 눈앞에 서 있는 현광을 지그시 바라봤다.

화산무제의 대제자로 무공광이라는 사실 말고는 알려진 게 전혀 없었다.

대부분의 시간을 폐관수련으로 보냈기에 화산파의 진산제자들 말고는 얼굴을 아는 이도 드물었고.

그러나 딱 하나 널리 알려진 게 있었다.

'검의 천재.'

화산파 역사상 최고의 재능을 가진 이라는 찬사를 받은 이가 바로 눈앞에 있는 현광이었다.

그렇기에 원일은 은근슬쩍 살펴봤지만 안타깝게도 그의 눈에는 현광의 경지가 보이지 않았다.

"혹시 지금 바로 유 공자를 볼 수 있겠소이까?"

"음?"

그때 한 줄기 음성이 원일에게 닿았다.

상당히 거슬리는 목소리가 말이다.

그 소리에 고개를 돌리자 상당히 도발적인 눈빛으로 그를 쳐다보는 사내가 보였다.

"혹시 유 사숙을 말씀하시는 겁니까?"

"맞소. 무당산까지 왔는데 당연히 유 공자를 만나 봐야 하지 않겠소? 비슷한 또래이기도 하고, 개인적으로 궁금하기도 하고."

사내가 비릿하게 웃었다.

누가 봐도 도전적인 언행을 보여 주면서 말이다.

원일로서는 처음 보는 얼굴이었지만 여기 있는 이들이 대부분 매화검수였기에 사내 역시 매화검수 중 한 명일 거라고 생각했다.

"죄송하지만 그건 제가 결정할 문제가 아닙니다."

"원일 진인은 무당파의 대제자이지 않소?"

제67장 세상은 넓고 병신은 많다

미소를 지으며 원일이 정중하게 말했지만 사내는 눈살을 찌푸렸다.

제아무리 무당패왕이라 불린다지만 원일은 무당파의 대제 자였다.

화산파로 치면 현광과 같은 신분이었다.

그런데 권한이 없다고 하자 사내는 답답했다.

"현우 사제. 그쯤 하게."

"현중 사형."

"어허!"

웃고 있으나 눈치 빠른 현중은 알 수 있었다.

원일이 그리 탐탁지 않아 한다는 사실을 말이다.

그렇기에 현중은 재빨리 만류했다.

"장문인께 인사부터 드려야 하지 않을까요?"

"안 그래도 제가 여기로 오면서 연락을 드렸습니다. 지금 바로 가시면 됩니다."

"그렇다면 서둘러야겠군요. 장문인을 기다리게 해서는 안 되니."

현광이 웃으며 말했다.

분위기가 어색해지기 전에 그가 나선 것이었다.

하지만 현우는 그 사실을 모르는지 얼굴 가득 불만 어린 표정을 지었다.

"얼굴 펴라."

"……예."

"펴라고 했다."

그걸 귀신같이 알아차린 현중이 복화술을 하듯 입술은 움직이지 않고 말했다.

동시에 팔꿈치로 옆구리를 전광석화처럼 찔렀다.

"흡!"

"처음부터 안 좋은 인상을 줄 생각이냐? 무릇 모든 일에는 순서가 있는 법이다. 여기는 화산이 아니라 무당산이라는 걸 잊지 마라."

"예에."

현중의 경고에도 현우는 건성으로 대답했다.

그러나 현중도 더는 뭐라 하지 못했다.

무당산의 산문 앞에서 사형제들끼리 못난 모습을 보여 줄 수는 없어서였다.

대신 현중은 사나운 눈으로 현우를 노려봤다.

휘적휘적.

하지만 그런 현중의 시선에도 현우는 조금도 반응하지 않고 앞으로 걸어갔다.

마치 그의 시선을 못 느끼는 것처럼 말이다.

"얍! 히얍!"

"좋아! 아주 잘하고 있어!"

진무 태극권을 수련하는 이소향을 봐주고 있던 원호가 폭풍처럼 칭찬했다.

이소향은 유하성의 제자였지만 매 순간 그가 수련을 지켜봐 줄 수는 없었다.

개인 수련 시간뿐만 아니라 연구동을 비롯해서 유하성이 신경 써야 할 일이 많아서였다.

요즘에는 일대제자들의 무공도 틈틈이 봐주고 있었기에 유하성이 자리를 비울 때마다 원호나 원상이 이소향을 대신 봐주기도 했다.

"완전 잘하는데?"

"아니에요. 헤헤. 아직 많이 부족해요."

"아냐. 충분히 잘하고 있어."

원호처럼 격렬하게 호응하지는 않지만 그래서 이소향은 더욱더 원상의 칭찬이 진심처럼 느껴졌다.

물론 원호의 호응과 칭찬도 기분은 좋았다.

그런데 원상과 달리 원호는 뭘 해도 좋아해 주는 느낌이 강했다.

"맞아. 사매는 충분히 잘하고 있어."

"으힛!"

"왜? 사매라는 호칭이 아직도 어색해?"

"네."

수련하다 말고 얼굴을 붉히며 어깨를 움츠리는 이소향의 모습에 원호가 헤벌쭉 웃었다.

막내 사매라서가 아니라 이소향은 그냥 귀여웠다.

아니, 사랑스러운 아이였다.

사매이지만 나이 차이가 많이 나서 그런지 원호는 조카가 있다면 이런 느낌이 아닐까 하는 생각을 했다.

"흠흠!"

그런데 그건 옆에 있던 원상도 마찬가지인 듯싶었다.

이소향의 애교에 원상의 얼굴도 살짝 붉어져 있었다.

"우리는 지옥인데 여기는 천국인 것 같아요."

"너랑 소향이랑 나이 차이가 얼마인데."

"얼마 안 나는데요."

한쪽에서 곽두일과 수련을 하던 백현승이 앓는 소리를 냈다.

순간순간이 힘겨움의 연속인 그와 달리 이소향의 수련은 너무나 화기애애했다.

누구 하나 큰소리를 내거나 호통을 치지 않았다.

"무공에 입문한 시기를 생각해야지."

"너무 차별하시는 거 같아요."

원호를 쳐다보며 백현승이 울상을 지었다.

그래도 처음에는 막내라고 많이 챙겨 주던 원호와 원상이 었는데 지금은 달랐다.

모든 관심이 이소향에게 향해 있었다.

"차별이 아니라 당연한 거지. 소향이는 우리 막내 사매인데."

"맞아."

원호의 말에 원상이 당연하다는 듯이 대답했다.

배분으로 치면 일대제자이지만 나이는 이대제자들보다도 어렸다.

하지만 그것 가지고 따지는 이가 있으면 원상이 직접 찍어 누를 생각이었다.

"헤헤헤."

그런 두 사람의 기세를 느낀 건지 이소향이 어색하게 웃었다.

아직도 이런 분위기는 적응이 되지 않아서였다.

그러나 싫은 기분은 절대 아니었다.

오히려 너무나 행복했다.

"반대로 말하면 현승이 너는 네 몫을 잘하고 있다는 뜻이기도 해."

"칭찬이죠?"

"물론이지. 게다가 너는 이제 챙겨야 하는 사람들도 있잖아. 휘하에 아이들이 있는데 투정을 부리면 쓰나. 저렇게 두 눈을 벌겋게 뜨고 있는데."

"크흠!"

원상의 시선이 향하는 곳으로 고개를 돌린 백현승이 헛기침을 했다.

그의 말대로 대청표국에 같이 가기로 한 아이들이 수련을 하다 말고 이쪽을 쳐다보고 있었다.

"낮말은 새가 듣고 밤말은 쥐가 듣는 법이야."

"네에."

"현승 오빠 힘내요!"

이제는 투정도 못 부린다는 사실을 깨달은 백현승이 어깨를 축 늘어뜨렸다.

그런 백현승을 향해 이소향이 양 주먹을 옴팡지게 쥐며 응원했지만 안타깝게도 별 효력은 없었다.

"너무 빨리 어른이 된 것 같아요."

"그만큼 사내대장부도 빨리 된다는 뜻입니다."

"전혀 위로가 안 되는데요."

곽두일의 말에도 백현승의 어깨에는 힘이 들어가지 않았다.

오히려 더욱 서글펐다.

"빨리 자라고 싶다더니 갑자기 왜 그래?"

"아, 형님!"

"사부님!"

연구동에서 걸어 나오는 유하성의 모습에 이소향이 활짝 웃으며 도도도 달려가 안겼다.

유하성의 앞에서 폴짝 뛰어 품에 안겼던 것이다.

"수련은 잘 했고?"

"네! 원호 사형이랑 원상 사형이 잘 봐주셨어요."

"후후후."

작은 입에서 나오는 사형이라는 단어에 유하성은 미소가 절로 나왔다.

그리고 거론된 원상과 원호도 유하성과 비슷한 미소를 머금었다.

"저를 대하는 것과 너무 표정이 다른 거 아니에요?"

"당연한 거 아냐? 너랑 소향이가 어떻게 같아?"

"너무하세요. 그래도 함께한 시간이 있는데……."

백현승이 처량한 표정을 지었다.

알고 지낸 시간이 적지 않은데 너무 매몰찬 것 같아서였다.

하지만 유하성은 단호했다.

"원래 남자애는 강하게 키워야 해."

"맞습니다."

"저도 그렇게 생각합니다."

유하성의 말에 원호와 원상이 당연하다는 듯이 대답했다.

두 사람 다 같은 생각이었다.

남녀차별이 아니라 나이와 무공에 입문한 시기를 기준으로 삼아 내린 결론이었다.

더욱이 백현승은 대청표국을 재건해야 하는 만큼 연약한 마음가짐은 필히 치워 버려야 했다.

"죽기 살기로 해도 모자랄 판에."

"암, 그렇지."

"여기에는 제 편이 없는 것 같아요."

이어지는 원상과 원호의 말에 백현승이 처연하게 중얼거렸다.

그러나 곽두일조차 그를 위로하지는 않았다.

그 역시 일정 부분은 동의해서였다.

백현승이 앞으로 걸어가야 하는 길은 가시밭길이지 꽃길

武當霸王
무당
패왕

이 아니었다.

"대화는 잘 나누신 겁니까?"

"그냥저냥."

"한 번은 찾아올 수도 있을 거라 생각했습니다."

"나도."

슬그머니 다가온 원상의 말에 유하성은 고개를 주억거렸다.

다른 이도 아니고 금이야 옥이야 키운 딸이었다.

아빠로서 걱정이 안 될 수가 없을 터였다.

더욱이 제갈령령의 경우 오빠와 함께 온 남궁희수와 달리 혼자 오기도 했고.

"사매는 언니들 중에 누가 제일 마음에 들어?"

"어……."

"솔직하게."

얌전히 유하성의 품에 안겨 있던 이소향이 두 눈을 동그랗게 떴다.

갑작스러운 원상의 질문에 당황한 것이었다.

그러더니 두 손을 부여잡고 꼼지락거렸다.

"가장 좋은 사람은 누구인 거 같아?"

"우웅. 다 똑같이 좋아요."

"허어. 그럼 네 명 다?"

"아뇨! 그건 싫어요!"

원상이 과장되게 놀라자 이소향이 자기도 모르게 퍼뜩 소리를 질렀다.

나이는 어려도 어떤 상황인지 이소향은 다 알았다.

제갈령령, 황주연, 남궁희수, 서문예지가 유하성과 혼인하기 위해 이곳에 왔다는 사실을 말이다.

"뭐가 싫을까? 응? 사매는 뭐가 싫은 거야?"

"그게, 그러니까…….."

원상이 평소답지 않게 능글맞게 웃으며 물었다.

그러자 이소향이 고개를 푹 숙였다.

얼굴을 터질 듯이 붉힌 채로 말이다.

"원일은 어디 갔어?"

"아, 오늘 화산파에서 매화검수들이 온다고 해서 마중 나갔습니다."

"화산파?"

유하성이 고개를 갸웃거렸다.

화산파의 매화검수가 온다는 말은 들은 적이 없어서였다.

그래서 유하성은 멀리서 서문광과 대련을 하고 있는 이춘상을 쳐다봤다.

"아, 저도 어제 알았습니다. 지나가는 길에 잠시 들르는 거라고 합니다."

"지나가는 길에?"

유하성이 의문을 드러냈다.

매화검수들이 이 시기에 무당산 인근을 지나간다는 게 이해가 되지 않아서였다.

번천회 때문이라면 호북성이 아니라 사천성을 관통해 귀주성으로 가는 게 맞았다.

운남성이 목적지라면 더더욱 사천성 쪽으로 방향을 잡는 게 맞았고.

"이유는 저도 모르겠습니다. 그런데 이번에 화산파 장문인의 대제자가 함께 왔다고 합니다."

"그 폐관수련만 죽어라 하는 사람?"

"맞아."

이소향과 눈으로 장난을 하던 원호가 관심을 드러냈다.

화산파의 대제자이자 차대 장문인이라고 할 수 있는 현광은 이름만 알려져 있을 뿐 그 외에는 전혀 알려져 있지 않았다.

그런데 현광이 무당산에 왔다고 하자 원호가 눈을 반짝였다.

"유명한 사람인가?"

"오래전부터 검의 천재라고 불렸던 사람입니다. 차대 검제의 칭호를 가져올 만한 재능이라고 화산무제께서 직접 말하기도 했고요."

"검제께서 가만있지 않으셨을 것 같은데."

"처음에는 그랬는데, 우연히 현광 도장을 봤다고 들었습니다. 그런데 그 후로 남궁세가주께서 부정하지 않으셨다고 합니다."

"호오."

이어지는 원상의 설명에 유하성의 눈동자에 호기심이 서렸다.

가벼워 보이지만 그건 소수에게만 보여 주는 모습이었다.

대외적으로 보이는 남궁수의 모습은 모두가 상상하는 모습 그대로였다.

"그 말은 재능은 확실히 있다는 뜻이겠네."

"정확하게는 검룡과 비슷하거나 그 위일 수도 있다는 얘기지."

"허어."

원호가 질린 표정을 지었다.

당장 남궁준과 원일만 하더라도 그에게는 거대한 벽처럼 느껴졌다.

그런데 그 둘보다 더한 재능이 있을지도 모른다고 하자 원호는 숨이 턱 막혔다.

"하지만 나중에 어떻게 될지는 아무도 모르니까. 엄청난 재능을 가지고 있다고 해서 꼭 그 재능을 전부 다 만개시키는 건 아니니까."

"오랜만에 맞는 말을 하네."

"너에게가 아니라 나 스스로에게 하는 말이야. 아, 한 명

더 하면 우리 막내 사매에게도."

"헤헤헤."

볼을 쓰다듬어 주는 따뜻한 손길에 이소향이 예쁘게 웃었다.

그리고 원호도 피식 웃었다.

원상의 말은 마음에 안 들지만 마지막 말은 그도 동의했다.

"음?"

원상과 원호가 이소향에게서 눈을 떼지 못할 때 유하성이 고개를 돌렸다.

멀리서 꽤 많은 인원의 기척이 느껴져서였다.

그리고 맨 앞에는 익숙한 기척이 있었다.

"대사형이시네?"

"저 도복은 화산파인데."

원상과 원호도 기척을 느낀 듯 고개를 돌렸다.

그리고 멀찍이 떨어져 있던 이춘상도 대련을 멈추고 한쪽을 쳐다봤다.

이춘상 역시 방문자들의 기척을 느낀 것이었다.

"뭐야? 갑자기 웬 매화검수?"

"매화검수인 건 어떻게 알았어?"

"아는 얼굴들이 있으니까. 화산무제 대협의 대제자도 있네?"

한달음에 유하성의 곁으로 다가온 이춘상이 당혹스러운 표정을 지었다.

뜬금없이 화산파의 매화검수들이 나타나자 놀란 것이었다.

"너도 몰랐어?"

"나라고 다 아는 건 아냐. 더구나 화산파의 일을 내가 일일이 다 알고 있을 필요는 없지."

"하긴."

"근데 원일의 표정이 별로 안 좋은데?"

이춘상이 고개를 갸웃거렸다.

안내하듯 앞장서서 걸어오는 원일의 표정이 썩 좋지 않아 보여서였다.

떨떠름하다 못해 못마땅한 기색이 서려 있는 모습에 이춘상이 의아해할 때 갑자기 화산파의 제자 중 한 명이 그를 향해 쏘아지듯 날아왔다.

정확하게는 유하성을 향해서 말이다.

"유 공자에게 비무를 신청하오!"

"야!"

조용히 따라오던 현우가 갑자기 몸을 날리더니 유하성에게 도전하자 현중이 버럭 소리를 질렀다.

자기도 모르게 반사적으로 호통을 치고 말았던 것이다.

그러나 그를 이상하게 쳐다보는 이는 없었다.

현우가 저지른 짓에 모두 시선이 그에게로 향해 있었다.

"이게 무슨 짓입니까!"

화산파의 제자들이 얼빠진 표정을 짓고 있는 것과 달리 맨 앞에서 그들을 이끌던 원일은 바로 반응했다.

단숨에 달려가서는 현우를 향해 크게 소리쳤던 것이다.

하지만 원일의 사나운 기세에도 현우는 눈썹 하나 까딱하지 않았다.

오히려 도발하듯 유하성을 쳐다보며 비릿하게 웃었다.

"패왕이라 불리는 분께서 도전을 피할 거라 생각하지는 않소만."

"이 건방진 새끼 좀 보소."

"뭐?"

대놓고 도발하던 현우의 눈썹이 꿈틀거렸다.

갑자기 들려오는 상스러운 소리에 심기가 불편해진 것이었다.

그러나 심기불편한 것으로 따지면 그보다 이춘상이 더했다.

어디서 별 잡것이 주제도 모르고 유하성에게 도전을 하자 그는 어이가 없었다.

"현광 도장이 와도 모자랄 판에, 네깟 놈이?"

"네깟 놈? 네깟 노옴?!"

"그럼 네깟 놈이지. 보아하니 꼴에 매화검수인 거 같은데, 매화검수가 되었다고 절대고수가 된 게 아니란다. 애.
송. 아.”

부들부들!

어르고 달래는 듯한 말투였으나 그 안에 담긴 뜻은 분명했
다.

아니, 이춘상의 눈빛만 봐도 무슨 의미로 말하는지 알 수
있었다.

그렇기에 현우는 시뻘게진 얼굴로 몸을 떨었다.

극도의 분노에 흥분한 것이었다.

“어이가 없네.”

“그러게.”

하지만 흥분한 건 현우만이 아니었다.

유하성의 주변에 있던 원호와 원상도 대로했다.

무례해도 이렇게 무례할 수가 없어서였다.

“매화검수가 되었다고 예의를 안 지켜도 되는 건 아니고.”

“닥쳐라!”

“이제는 뭐 막 나가자는 건가?”

이춘상은 헛웃음을 흘렸다.

화산파에 이런 인물이 있을 줄은 꿈에도 몰라서였다.

그런데 현우가 이렇게 행동할 줄은 사형제들도 예상하지
못했는지 하나같이 돌이라도 된 것처럼 굳어 있었다.

너무도 말이 안 되는 상황에 다들 넋이 나간 것이었다.

"그냥 천둥벌거숭이 같은데요. 이 소협을 못 알아보는 걸 보면."

"알아보면 절대 저렇게 행동할 수 없지. 나도 처음 보는 사람이고."

"나 역시."

이춘상에 이어 이곳에 도착한 남궁준과 제갈성이 똑같은 표정으로 입을 열었다.

둘 다 똑같이 황당하다는 얼굴로 현우를 쳐다봤던 것이다.

"주제를 모르는 천둥벌거숭이에게는 매가 약이지."

이춘상은 손을 뻗었다.

더 이상 정신 나간 개새끼와 대화할 필요성을 느끼지 못해서였다.

더불어 화산파에게 묻고 싶었다.

왜 이런 애를 데려왔는지, 그리고 다른 제자들도 이 녀석과 같은 생각인지 말이다.

"흡!"

부지불식간에 파고드는 이춘상의 시커먼 손에 현우가 기겁하며 뒤로 물러났다.

새까만 손도 손이지만 손톱 밑에 가득 껴 있는 때가 너무나 위협적으로 다가왔다.

게다가 손에서 풍기는 악취 역시 그의 콧잔등을 찡그리게 만들기에 충분했다.

'어디서 거지 따위가!'

그러나 그를 더 열 받게 만드는 건 주제도 모르고 달려든다는 점이었다.

특히 건방지게 훈계를 하는 게 가장 거슬렸다.

보아하니 개방의 거지인 것 같은데 자유분방하기로 유명한 성향답게 하는 짓도 저급하기 그지없었다.

대뜸 공격부터 하는 게 말이다.

'주제도 모르고 감히!'

자기가 했던 행동은 생각도 못 하는지 현우가 어금니를 드러냈다.

하지만 검을 뽑지는 않았다.

개방도 하나를 상대하는데 굳이 검을 뽑을 필요는 없다고 생각해서였다.

대신 화산파의 절학 중 하나인 매화장법(梅花掌法)을 펼쳤다.

파파파팟!

화산파를 대표하는 검공인 이십사수매화검법(二十四手梅花劍法)을 손으로 펼치는 무공이라는 별명이 있을 정도로 매화장법의 초식은 이십사수매화검법과 상당히 흡사했다.

날카로움은 없지만 더욱 변화막측하다고나 할까.

그래서 매화검수들에게 가장 쉽고, 펼치기 편한 무공이 매화장법이었다.

'뭐, 좋아. 미리 기를 죽여 놓는 것도 한 가지 방법이니까.'

양손으로 매화장법을 펼치며 현우는 비릿하게 웃었다.

이왕 이렇게 된 거 기선제압을 확실하게 하기로 마음먹었다.

오랜 폐관수련을 끝내고 나온 자신을 알리는 계기로 말이다.

현광보다는 못하지만 그다음의 기재가 바로 자신이었다.

'지금은 비록 이인자지만 언제까지고 이인자로만 있으라는 법은 없으니까.'

현우는 자신감이 있었다.

비록 지금은 현광보다 부족하지만 짧게는 오 년, 길게는 십 년 안에 화산제일기재라는 현광을 제칠 수 있다고 생각했다.

현광의 재능과 그의 재능은 큰 차이가 없지만 무공에 입문한 시기가 조금 차이가 나 그 격차가 미세하게 존재한다고 생각했다.

그러나 그 격차는 거의 다 따라잡았기에 추월도 머지않았다고 여겼다.

퍼퍼퍼펑!

하지만 그의 생각은 얼마 가지 못했다.

현란하게 펼쳐지는 매화장법의 장영이 옥빛을 머금은 한 줄기 섬광에 속절없이 부서지고 있어서였다.

"무슨!"

다른 누구도 아닌 자신이 펼친 매화장법이 너무나 허무하게 파쇄되는 광경에 현우가 경악했다.

그가 상상했던 광경과는 정반대의 모습이어서였다.

"이익!"

그러나 놀람은 짧았다.

현우는 공력을 가일층 끌어올리며 매화장법을 더욱 강하게 펼쳤다.

퍼퍼펑! 퍼엉!

하지만 결과는 달라지지 않았다.

이춘상의 장력은 우직하게 그의 매화장을 정면으로 뭉개 버리며 천천히 쇄도했다.

마치 네가 무슨 짓을 하든 결과는 달라지지 않는다는 듯이 말이다.

거기다 이춘상이 깔보는 시선으로 그를 내려다보자 현우의 눈이 돌아갔다.

채앵!

왼손으로는 매화장을 유지하면서 검을 뽑은 현우가 단숨에 이십사수매화검법을 펼쳤다.

화산파가 자랑하는 검공이자 천하십대검법에 당당히 뽑히는 검술을 전력으로 펼쳤던 것이다.

그리고 그건 어떻게든 이춘상을 쓰러뜨리겠다는 의지이기

도 했다.

웅웅웅!

발검과 동시에 꽃이 피어나듯 허공에 검화(劍花)가 솟구쳤
다.

현우가 수놓은 검화들이 매서운 기세와 함께 이춘상에게
쇄도했던 것이다.

그런데 그 숫자가 열네 개였다.

대성하면 스물네 개의 매화가 피어나는데 현우의 수준은
아직 그 정도가 아니었다.

째애애애액!

그러나 대성이 아닐 뿐이지 현우가 뿌리는 검세는 아주 매
서웠다.

현광 다음에는 자신이라는 자신감이 헛된 게 아닌 모양인
지 후기지수치고는 상당한 경지에 올라 있었다.

"흥."

하지만 안타깝게도 딱 거기까지였다.

이춘상이 보기에는 너무나 허접해 보였다.

후기지수 중에서는 제법일지 모르나 그나 유하성에게는
하품이 나올 정도였다.

쩌저저적!

그 사실을 증명하듯 이춘상의 파옥신장은 맹렬하게 솟구
치는 검화들을 정면으로 밀어 버렸다.

현란하건 화려하건 결국에는 힘 앞에는 장사 없다는 듯이 단순무식한 일장으로 현우가 그린 검화들을 부숴 버렸던 것이다.

"크으윽!"

무참하게 짓뭉개 버리는 이춘상의 일격에 현우가 두 눈을 부릅뜨며 이를 악물었다.

별거 아닌 거지라 생각했는데 실상은 다르자 당황했으나 지금 중요한 건 놀라는 게 아니라 실력 발휘를 하는 것이었다.

그렇기에 현우는 검강까지 일으켰다.

꽈아앙!

하지만 검강까지 일으켰음에도 결과는 달라지지 않았다.

이춘상이 맞대응하듯 장강을 일으켰고, 현우의 검강은 허무할 정도로 무기력하게 우윳빛 장강에 박살 냈다.

"으아아악!"

그러나 현우는 그걸 보면서도 인정할 수 없었다.

유하성도 아니고 한낱 거지 나부랭이에게 자신이 밀린다는 게, 화산파에서 두 번째로 재능이 높은 그가 밀린다는 사실을 받아들일 수 없었다.

그래서 악을 쓰며 단전의 공력을 모조리 끌어올렸으나 이춘상은 잔인하게도 현우의 검강을 정면에서 터트려 버렸다.

찌어억!

순수하게 힘에서 밀린 검강이 산산조각 나며 흩어졌고, 그 충격으로 현우는 비틀거리며 뒷걸음질 쳤다.

그러고는 검을 역수로 잡아 지탱했다.

죽어도 한쪽 무릎도 꿇지 않겠다는 듯이 검을 지팡이 삼아 구부정하게 섰다.

"꼴에 자존심은."

안간힘을 쓰며 버티는 현우의 모습에 이춘상이 대놓고 비웃었다.

더는 공격하지 않고서 말이다.

마치 네 현실을 보여 주겠다는 듯이 조소를 흘리며 지켜보기만 하는 모습에 현우가 이를 악물었다.

까드득!

하지만 안타깝게도 그가 할 수 있는 건 없었다.

이렇게 버티고 서 있는 것만으로도 그는 버거운 상태였다.

충돌로 인해 입은 내상과 충격으로 인해 몸을 제대로 가누지 못하는 상태였기에 지금 그가 할 수 있는 건 이를 가는 것밖에는 없었다.

"죄송합니다."

"저, 정말 죄송합니다! 죄송합니다!"

"뭐 해? 얼른 사과하지 않고!"

"이놈이 원래부터 버르장머리가 없는 녀석이라……."

결판이 나자 현광을 비롯해서 매화검수들이 우르르 다가

왔다.

현우의 앞을 가로막으며 이춘상과 유하성을 향해 사과했던 것이다.

그러나 정작 일을 벌인 현우는 여전히 불만 어린 표정이었다.

패배했다는 사실도, 사과하라고 독촉하는 사형제들도 마음에 들지 않았다.

"사과는 당사자가 해야 하지 않겠습니까."

"보아하니 아직도 승복 못 한 거 같은데."

헐레벌떡 달려온 매화검수들의 귓가로 나지막하지만 싸늘한 목소리가 파고들었다.

바로 유하성의 목소리였다.

그리고 그 뒤로 이춘상이 기가 차다는 듯이 말을 이었다.

"아닙니다. 저에게도 잘못이 있습니다. 책임자는 저이고, 현우 사제를 제대로 이끌지 못한 잘못 역시 저에게 있으니까요."

현광이 다시 한번 고개를 숙였다.

엄밀히 따지자면 현우가 사고를 친 것임에도 그는 망설이지 않고 고개를 숙였다.

어찌 됐든지 간에 사제를 제대로 관리하지 못한 책임이 그에게도 있어서였다.

스윽.

그러나 현광의 사과에도 유하성은 대답 대신 무표정한 얼굴로 사형제들에게 가려져 있는 현우를 바라봤다.

무심한 눈빛으로 현우를 지그시 응시했던 것이다.

하지만 현우는 아직도 정신을 차리지 못한 듯 얼굴을 일그러뜨리며 반항적인 눈빛으로 유하성을 노려봤다.

한데 기이한 일이 벌어졌다.

부르르르!

시간이 갈수록 현우의 육신이 떨리기 시작했던 것이다.

처음에는 미약하게 시작했던 떨림이 시간이 갈수록 점점 더 커졌다.

"으으으……!"

동시에 현우의 안색이 창백해지며 앓는 소리를 내기 시작했다.

방금 전까지만 해도 반항기가 가득했던 눈빛은 사라지고 두려움이 떠올라 있었다.

그런 현우의 모습에 현중을 비롯해서 사형제들이 의아한 표정을 지었다.

갑자기 왜 저러나 싶어서였다.

"무례함의 대가는 치러야지."

쿠웅!

현광에게는 일절 시선도 두지 않고서 유하성이 입을 열었다.

그런데 나지막한 목소리에 현우가 한쪽 무릎을 꿇었다.

떨림이 점점 격렬해지자 결국 균형을 잃고 허물어진 것이었다.

"왜 그래?"

이유를 알 수 없는 현우의 행동에 현중이 한쪽 어깨를 부여잡으며 물었다.

아무리 결례를 범했다고 하나 현우는 매화검수였다.

그리고 미우나 고우나 그의 사제였다.

그래서 어깨를 움켜잡으며 더 이상 무너지지 않게 잡아 주었다.

덜덜덜!

하지만 현중의 부축에도 불구하고 현우의 떨림은 멈추지 않았다.

유하성에게서 뿜어져 나오는 존재감이 계속 커지며 그를 압박해서였다.

단지 지그시 응시하는 것뿐인데도 현우는 온몸의 털이 쭈뼛 섰다.

패왕이라 불리는 자가 흩뿌리는 위압감이 어느 정도인지 절절하게 느낄 수 있어서였다.

'이, 이 정도였다고?'

유하성의 첫인상은 솔직하게 말해 딱히 대단하지 않았다.

패왕이라는 별호가 무색할 정도로 평범했다.

무당패왕

앞서 상대했던 거지는 잘생기기라도 했는데 유하성은 그런 게 전혀 없었다.

흔하디흔한 무인, 딱 그 정도였다.

꿀꺽!

그래서 그는 만만하게 봤다.

스스로의 생각이 맞았다고 생각하면서 말이다.

그런데 갈무리해 두었던 존재감이 터져 나오자 현우는 느낄 수 있었다.

자신이 얼마나 큰 착각을 했는지 말이다.

"끄으……!"

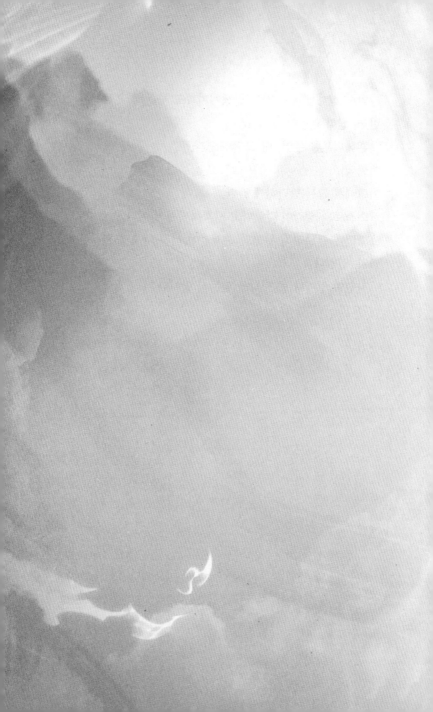

제68장 산 넘어 산

현우의 안색이 창백해지다 못해 시커멓게 변했다.

심신을 짓누르는 압박감에 호흡도 제대로 하지 못하는 것
이었다.

하지만 그럼에도 유하성은 존재감을 거두지 않았다.

알아보지 못했다면, 처절하게 느낄 수 있도록 해 주면 될
일이었다.

"크흡! 킥!"

점점 더 시커메지는 현우의 안색에도 유하성의 표정은 더
없이 싸늘했다.

그 혼자라면 모를까 지금 품에는 이소향도 있었다.

이제 겨우 여섯 살인 아이를 분명 봤음에도 현우는 자신의

기세를 거리낌 없이 뿌려 댔다.

이소향이 안중에도 없다는 듯이 말이다.

'거기에 따른 책임을 져야지.'

유하성의 눈빛이 더욱 차가워졌다.

원래도 마음에 안 들었지만 이소향이 엮여 있었기에 유하성은 적당히 할 생각이 없었다.

저런 부류들은 직접 느껴 봐야 정신을 차리기도 했고.

"사부님?"

호흡곤란을 넘어 금방이라도 실신할 것처럼 꺽꺽거리는 현우의 모습에 이소향이 놀란 얼굴로 유하성을 바라봤다.

늘 평화로웠던 무당산에서 이런 광경은 처음이어서였다.

더구나 지금의 상황을 유하성이 만든 것임을 눈치로 알았기에 이소향이 당황한 표정으로 조심스럽게 유하성을 불렀다.

"후우."

그 목소리에 유하성은 존재감을 거두었다.

죽이려는 게 아니라 경고가 목적이었기에 이쯤에서 멈춘 것이었다.

"켁! 케헥! 컥!"

심신을 무겁게 짓누르던 압박감이 한순간에 사라지자 현우는 그제야 제대로 숨을 쉬었다.

하지만 편하게 쉬지는 못했다.

숨이 막혀 있다가 갑자기 뻥 뚫리니 적응이 되지 않았던 것이다.

"이게 무슨 짓입니까!"

숨 쉬다가 사레가 들린 모양인지 계속 쿨럭거리는 현우를 향해 원일이 버럭 소리를 질렀다.

그러나 그 노기는 현우에게만 향해 있는 게 아니었다.

화산파 제자들 모두에게 향해 있었다.

하도 유하성을 보고 싶다고 사부님에게 간청하기에 원일은 어쩔 수 없이 화산파 제자들을 이끌고 연구동에 왔다.

그런데 예의는 밥 말아 먹었는지 대뜸 비무 신청부터 했다.

분명 오면서 신신당부를 했음에도 불구하고 말이다.

"다시 한번 사과드립니다. 모두 다 제가 부덕해서입니다."

처음 봤을 때와 달리 시뻘게진 얼굴로 흥분하는 원일을 향해 현광이 다시 한번 고개를 숙였다.

백번 물어도 화산파 측이 잘못한 게 맞아서였다.

다른 이들도 똑같은 생각인지 고개를 들지 못했다.

"죄송합니다."

"뭐 해?! 너도 사과하지 않고?!"

"죄, 죄송합니다!"

현중의 윽박지름에 격렬하게 기침을 하던 현우가 고개를 숙였다.

처음 대면했을 때와 달리 유하성과 눈도 마주하지 못하면서 말이다.

누가 봐도 확연히 기가 꺾인 모습이었으나 사형제들 중 누구도 그 모습에 안쓰러워하지 않았다.

다들 자업자득이라 생각했던 것이다.

"오늘은 아무래도 서로 불편할 듯하니 다음에 정식으로 인사를 나누었으면 합니다."

"……알겠습니다. 다시 한번 사과드립니다."

"사과는 받아들이겠습니다."

"그럼 다음에 찾아뵙겠습니다."

나지막하지만 단호함이 서린 유하성의 말에 현광은 순순히 물러났다.

그가 보기에도 하하호호 웃으며 대화할 분위기가 절대 아니었기 때문이다.

하지만 그렇다고 현우를 노려보지는 않았다.

시종일관 담담한 신색으로 정중히 유하성에게 포권한 후 사제들을 데리고 연구동을 떠났다.

"세상에는 미친놈이 참 많아. 화산파에 저런 새끼가 있을 줄도 몰랐고. 더구나 저런 놈이 매화검수라니."

멀어지는 화산파 제자들을 보며 이춘상이 혀를 찼다.

생각하면 생각할수록 어처구니가 없어서였다.

절차 따위는 개나 줘 버리라는 듯이 행동했던 현우를 떠올리며 이춘상이 사나운 눈빛을 뿌렸다.

"죄송합니다, 사숙."

"네가 죄송할 게 어디 있어. 너도 예상치 못한 일인데."

"그래도 죄송합니다."

원일이 고개를 숙였다.

그러나 유하성은 고개를 저었다.

원일이 한 것이라고는 안내한 것밖에 없어서였다.

게다가 원일이 아무리 대제자라 하더라도 화산파의 제자들에게 이래라저래라할 권한은 없었다.

"좀 아깝다. 오줌 정도는 질질 싸게 만들었어야 했는데. 아니면 실금이라도."

"그건 안 되지. 냄새나잖아. 소향이도 보고 있는데."

"하긴. 그건 좀 그렇겠다. 이 좋은 장소에서. 근데 너 소향이 때문에 화난 거지?"

"응. 아무리 급해도 천지분간은 해야지."

무인으로서 호승심을 주체하지 못하는 건 이해할 수 있었다.

하지만 성숙한 어른이라면 그걸 제어할 줄 알아야 했다.

더욱이 화산파의 제자라면 말이다.

한데 그냥 제자도 아니고 매화검수의 위치까지 올라간 이가 이러자 유하성은 평소와 달리 강하게 나갔다.

"맞아. 이곳이 화산파도 아닌데."

"나서 줘서 고맙다."

"저쪽에서 저따위로 나오는데 나라고 참을 이유는 없잖아?"

이춘상이 피식 웃었다.

무례한 것들에게는 똑같이 무례하게 구는 게 제일 좋았다.

괜히 눈에는 눈, 이에는 이라는 속담이 있는 게 아니었다.

그리고 이소향은 유하성의 제자이지만 그도 아끼는 아이였다.

"널 모르는 눈치던데."

"나도 느꼈어. 세상물정 모르는 느낌이 없지 않아 있긴 했는데 그게 면죄부가 되는 건 아니니까."

"그렇지."

"또 세상물정 모르는 이한테는 알려 주는 게 어른의 몫이기도 하고."

"어른?"

유하성이 고개를 갸웃거렸다.

평소의 행실을 생각하면 딱히 이춘상이 어른이라는 생각이 들지는 않아서였다.

"뭐야? 그 반응은?"

"너의 행동거지를 생각하면, 어른이라는 표현과는 거리감이 좀 있는 거 같아서."

"풋!"

유하성의 말에 잠자코 듣고 있던 이소향이 웃음을 터뜨렸다.

앙증맞은 두 손으로 입을 가리면서 말이다.

그러나 새어 나오는 웃음만은 어쩔 수가 없었다.

"흐응. 소향이도 그렇게 생각한단 말이지. 실망인데."

입을 막았으나 이미 웃음소리가 새어 나온 뒤였다.

그렇기에 이춘상이 서운하다는 듯이 말했다.

반면에 원상과 원호 등등은 노려봤다.

이소향과 달리 매서운 눈으로 쏘아봤던 것이다.

"큼큼!"

"저는 이만 수련을 하러……."

그 매서운 눈빛에 하나둘 자리를 떴다.

계속 있어서 좋을 게 없을 것 같아서였다.

이소향이야 어리고 귀여움을 받으니 큰 문제가 없겠지만 그들은 달랐다.

두고두고 이춘상에게 시달릴 것이 분명하기에 다들 자리를 피했다.

"그나저나 방심하면 안 되겠는데?"

"……내가 느낀 게 맞지?"

거기에 유하성이 적당히 화제를 전환시켰다.

사질들이 피할 수 있도록 적당히 시간을 벌어 준 것이다.

"응."

"하아. 이놈의 강호는 진짜 무서운 곳이라니까. 어떻게 여유를 가질 수가 없게 만드네."

"화산파도 저력 있는 곳이니까. 언제든지 무당파와 개방을 추월할 수 있는 문파가 화산파야."

"이 정도일 줄은 몰랐는데 말이지."

이춘상이 입맛을 다셨다.

하지만 긴장은 해도 크게 걱정은 하지 않았다.

적당한 긴장은 성장에 있어 좋은 자극제가 되어서였다.

물론 그렇다고 해서 불만이 없는 건 아니었다.

'이미 한두 명이 아니기도 하고.'

그의 자리를 노리는 이는 많았다.

유하성을 따라잡기 위한 디딤돌로 그를 여기는 것이었다.

여기에 한 명이 더 추가된다고 해서 달라질 건 없었다.

다만 문제는 이번에 추가된 한 명이 상당히 위협적이라는 점이었다.

현우로 인해 계획에 크나큰 차질이 생겼으나 그렇다고 포기할 현송이 아니었다.

그녀는 숙소에 짐을 풀기 무섭게 매화검수들 중에서 몇 없는 여제자들과 함께 무당파 경내를 돌아다녔다.

특히 연구동 주변을 말이다.

"근데 이렇게 다시 찾아가도 되나?"

"연무장에만 안 들어가면 되지 않을까? 아예 보지 말라는 것도 아니고 정식 인사는 다음에 하자고 했으니까."

"그래도 걸리면 좋은 소리는 못 들을 것 같은데……."

당찬 현송과 달리 현하와 현소의 얼굴에는 걱정이 가득했다.

아무래도 첫 단추를 잘못 끼웠다 보니 걱정이 될 수밖에 없어서였다.

그러나 현송은 괜찮다는 듯이 싱긋 웃었다.

"에이. 우리가 무당파의 금지에 들어가는 것도 아니고. 게다가 연구동에 직접 들어가는 것도 아니잖아. 산책 삼아 주변을 둘러보는 것 가지고 무당파에서 뭐라고 하겠어?"

"네 말도 틀린 말은 아닌데, 산책하러 왔다고 하기에는 너무 속 보이지 않아?"

"맞아."

현소가 맞장구를 쳤다.

변명거리가 있다지만 문제는 그 변명이 너무나 궁색하다는 것이었다.

"그럼 후딱 둘러보고 가자. 너희들도 궁금하지 않아?"

"성격 되게 단호하던데. 소문과는 달리."

포기하지 않는 현송과 달리 현하는 망설이는 표정을 지었다.

세간의 소문과 달리 유하성의 성격이 꼭 유하지만은 않은 것 같아서였다.

더욱이 이미 미운털이 박힌 상황인데 굳이 이렇게 움직여야 하나 싶기도 했다.

"나도 그렇게 봤어. 아주 냉기가 펄펄 날리던데."

"그러니까. 근데 또 제자를 안고 있는 모습을 보면 평소 성격은 소문과 비슷한 것 같기도 하고."

"되게 챙기던데."

현소와 현하가 말을 주고받으며 유하성의 품에 안겨 있는 소녀를 떠올렸다.

사부를 닮아 별다른 특징이 없는, 어디서나 볼 수 있는 평범한 외모의 아이였는데 신기하게도 기억에 선명하게 남아 있었다.

해맑은 미소가 인상 깊었다고나 할까.

"제자 사랑이 끔찍하다고 하더라고."

"그 아이도 수용소에 있던 아이라던데."

"나도 들었어."

현송이 고개를 주억거렸다.

처음 그 소식을 들었을 때 그녀도 사실 놀랐었다.

사제의 연이라는 게 아무도 모른다지만 다른 이도 아니고 무당패왕이라 불리는 이가 평범하기 짝이 없는 여자아이를 제자로 들일 줄은 몰라서였다.

武當霸王
무당
패왕

물론 진흙 속에 묻혀 있던 진주라고 생각할 수도 있지만 현송이나 현하, 현소 모두 그럴 가능성은 희박하다고 생각했다.

"아이는 땡잡은 거지. 사부가 패왕이라니. 게다가 배분으로 치면 단숨에 무당파의 일대제자가 된 건데."

"여섯 살이 일대제자라니. 나이로만 따지면 이대제자들보다도 어리네."

"근데 유 공자도 배분에 비하면 어리니까."

현 무당파의 장문인, 장로들과 같은 배분이 유하성이었다.

아마 속가제자가 아니었다면 장로가 되었을 터였다.

지금도 명함만 없을 뿐 장로라 해도 과언이 아니었고.

그런데 나이는 이제 서른둘이었다.

"양계장인가?"

"청정도문에 양계장이라니."

두런두런 대화를 나누며 이동하니 어느새 꽤 멀리까지 오게 되었다.

한데 세 여인의 눈에 청정도문과는 어울리지 않는 제법 큰 규모의 양계장이 눈에 들어왔다.

"잘 봐 봐. 토끼랑 꿩도 있어."

"헤에. 사육장이네."

"아이들을 위해서 만들어 놓은 거 같아."

다 자란 성체들은 물론이고 노란 털이 귀여운 병아리들이 삼삼오오 모여서 돌아다니는 광경에 세 여인이 눈을 반짝거렸다.

무인이고 화산파의 제자이지만 그녀들 역시 여자였다.

귀여운 걸 좋아하면 좋아했지 싫어하지는 않았다.

"응? 아이들이 직접 관리하나 본데?"

그때 현소가 눈을 크게 떴다.

여섯, 일곱 살 정도 되어 보이는 아이들이 먹이를 한 아름씩 들고서 닭장 안으로 들어가는 게 눈에 들어와서였다.

"표정이 다들 밝다."

"그러니까. 아까 잠깐 봤을 때도 느끼긴 했는데 애들이 전체적으로 다 밝아."

"억지로 일을 하는 느낌이 아닌데?"

세 여인이 눈을 껌뻑거렸다.

무당파와 마찬가지로 화산파 역시 백오십 명 정도의 아이들을 받아들였다.

아이들이 어느 정도 자랄 때까지는 책임을 지기로 한 것이다.

그런데 화산파에 있는 아이들과 이곳에 있는 아이들의 표정은 너무나 달랐다.

남아 있는 숫자 역시 차이가 상당했고 말이다.

"다들 즐기고 있어."

"내가 보기에도."

현하와 현소가 어리둥절한 표정을 지었다.

분명 화산파도 아이들이 생활하기에 부족함이 없게 해 주었다.

그러나 중요한 건 표정이었다.

웃음기라고는 전혀 없이 하루하루를 겨우겨우 살아가는 화산파의 아이들과 달리 여기 있는 아이들의 얼굴에는 구김이 전혀 없었다.

"······대체 뭐가 다른 거지?"

너무나 차이 나는 아이들의 표정에 현송이 자기도 모르게 아랫입술을 깨물었다.

자존심이 상한 것이었다.

"분위기가 달라도 너무 다른데?"

"대체 이유가 뭐야?"

현송과 마찬가지로 현하와 현소도 자존심이 상했는지 입술을 삐죽 내밀었다.

그녀들의 사문인 화산파는 소림사보다는 못해도 무당파와는 비견되는 명성을 가지고 있었다.

비록 지금은 무당검선으로 인해 무당파가 조금 앞서 있다는 게 세간의 평가였으나 과거에는 화산파의 성세가 무당파를 뛰어넘었던 적도 분명히 있었다.

그런 만큼 머지않은 미래에는 지금의 위치가 뒤바뀔 가능성도 충분했다.

"까하하하!"

"계란 조심해! 깨지지 않게!"

"근데 오리도 키우면 안 될까? 닭도 맛있지만 오리도 다른 맛을 가지고 있으니까."

"귀엽다고, 못 먹겠다고 할 때는 언제고."

거리가 제법 되었지만 내공을 이용하면 못 들을 정도는 아니었다.

그렇기에 세 여인은 똑같이 귀를 기울였다.

아이들의 대화를 엿들었던 것이다.

"귀여운 거하고 생존은 다른 문제야."

"근데 싸우지 않을까?"

"치워야 하는 똥도 두 배가 되겠지."

먹이를 주기 전 아이들은 빗자루로 닭장을 청소했다.

닭들이 여기저기에 싸 놓은 똥들을 쓸어서 한쪽에 모았던 것이다.

그런데 이런 게 익숙한 모양인지 닭은 물론이고 병아리들도 놀라지 않았다.

오히려 한쪽에 얌전히 모여 있었다.

"숫자가 너무 많아져도 좋지 않아."

"근데 마음먹고 먹으면 진짜 금방 다 먹을걸."

남자아이가 자신하듯 말했다.

숫자를 조절하기 위해서 자제하는 것이지 먹으라고 하면

武當霸王
무당
패왕

못 먹을 것도 없었다.

남자아이고 여자아이고 한창 먹을 때이기도 하고.

더욱이 수련하는 아이들이 걸신처럼 엄청나게 먹어 댔기에 가축의 수가 늘어나는 건 걱정하지 않아도 됐다.

"하긴."

"우리가 떠나면 이 닭장도 사라지겠지?"

"아마도? 무당파는 도문이니까."

"그렇게 생각하니까 아쉽다."

청소하다 말고 아이들이 침울해졌다.

언젠가는 떠나야 한다는 걸 알기에 다들 울적해진 것이었다.

"자자, 슬픈 이야기는 그만해. 당장 떠날 것도 아닌데 왜 벌써부터 걱정이야? 그리고 설사 우리가 떠나야 한다고 해서 평생 안 볼 사이도 아닌데."

"맞아, 누나! 다들 먹고살기 힘들겠지만 그래도 분명 일 년에 한두 번은 만날 거야!"

"또 모르지. 누구랑 누가 눈이 맞아서 결혼을 하게 될지도."

흠칫! 흠칫!

여자아이 한 명이 대수롭지 않다는 투로 말했다.

그런데 그 말에 곳곳에서 움찔거렸다.

나이는 어려도 사랑이라는 감정에 대해서는 알았다.

진짜 사랑은 몰라도 호불호에 대한 감정은 잘 알고 있었기에 몇몇 아이들이 빠르게 눈빛을 교환했다.

"일하자, 일!"

"그래! 남아 있는 일이 얼마나 많은데. 빨래도 해야 하고."

"서둘러!"

눈이 마주쳤던 아이들이 재빨리 입을 열었다.

자연스럽게 화제를 돌렸던 것이다.

그런 아이들의 대화를 엿듣던 세 여인은 여전히 놀란 표정을 감추지 못했다.

"대체 차이점이 뭐야?"

"뭐가 다른 거지? 우리랑 무당파랑."

"우리도 잘 챙겨 줬는데⋯⋯."

현송과 현하, 현소의 표정이 복잡해졌다.

분명 화산파는 무당파와 똑같이 아이들을 챙겼다.

그런데 결과는 너무나 달랐다.

"좀 더 알아봐야겠어."

"맞아."

"이건 본 문의 자존심이 걸린 문제야. 다른 곳도 아니고 무당파에 밀릴 수는 없어."

둥글둥글한 성격의 현소조차 눈을 빛냈다.

다른 곳이었어도 기분이 좋지 않았겠지만 문제는 이곳이 무당파라는 점이었다.

그렇기 때문에 현소는 처음과는 생각이 달라졌다.

현하와 마찬가지로 굳이 오늘 둘러볼 필요가 있겠냐는 쪽이었는데 지금은 아니었다.

"우리가 죄를 짓는 건 아니잖아?"

"그렇지. 가지 말라고 하지도 않았고."

현하의 말에 현송이 맞장구를 쳤다.

죄를 짓는 것도 아니고 나쁜 짓을 저지르는 것도 아니었다.

단지 그녀들은 확인하고 싶을 뿐이었다.

사문과 무당파의 차이를 말이다.

스스슥!

그래서인지 세 여인의 신형이 바람처럼 사라졌다.

어제와는 사뭇 다른 분위기로 현광은 연구동을 찾았다.

너무 일찍 찾아오는 건 예의가 아닌 것 같아 아침 식사 후 시간을 조금 보낸 후 느긋하게 이동했다.

눈치를 너무 본다고 생각할 수도 있지만 어쩔 수 없었다.

어제 현우가 저지른 일이 있기에 현광으로서는 이렇게 할 수밖에 없었다.

"오늘은 사고 치지 마라."

"……예에."

"네가 아무리 사고뭉치라지만 어제는 도를 넘었어. 한 번 더 그따위 짓을 하면 바로 화산으로 돌려보낼 거야."

"절대 실수하지 않겠습니다."

"내가 두 눈 부릅뜨고 지켜볼 거야."

현광의 시선이 슬쩍 뒤로 향했다.

정확하게는 일행의 후미로 향했는데 그곳에는 현중과 현우가 나란히 걷고 있었다.

특히 현중은 두 손가락으로 자신의 눈을 가리킨 후 현우를 가리켰다.

시종일관 주시하겠다는 경고였다.

"걱정하지 않으셔도 됩니다."

"흥! 난 네 말은 안 믿는다."

현우가 걱정하지 말라는 듯이 말했으나 현중은 콧방귀를 뀌었다.

그리고 그건 다른 제자들도 마찬가지였다.

다만 현우가 사형이기에 조용히 있는 것뿐이었다.

만약 이상한 낌새가 보이면 모두가 현중이나 현광에게 말할 작정이었다.

"진짜 걱정하지 마시죠. 똑같은 실수는 안 합니다."

"글쎄."

현중이 대놓고 못 미더운 표정을 지었다.

다른 이라면 모를까 현우는 믿을 수가 없었다.

사숙께서 화산파의 지붕이 되라고 우(宇)라는 이름을 지어
주었는데 어째 하는 꼴을 보면 어리석을 우(愚) 자가 절로 떠
올랐다.

하지만 구박은 해도 사제이기에 어쩔 수 없었다.

"정말 걱정하지 않으셔도 됩니다. 어제와 같은 실수는 절
대 하지 않을 겁니다."

"네 말이라 더 못 믿는 거다. 하아."

현중이 한숨을 푹푹 내쉬었다.

마음 같아서는 당장 처소에 처박아 두고 싶었지만 현광이
데려가겠다고 했기에 그로서는 따를 수밖에 없었다.

"걱정 마십시오."

그런 현중을 향해 현우가 다시 한번 말했다.

진심을 가득 담아서 말이다.

빈말이 아니라 그는 정말로 유하성에게 다시 덤빌 생각이
없었다.

어제의 자신이 얼마나 자만하고 만용을 부렸는지 이제는
알아서였다.

'……지금의 나로는 감히 비벼 볼 수조차 없다.'

인정하기 싫지만 인정할 수밖에 없었다.

그렇게 느끼도록 유하성이 보여 주기도 했고.

어제 유하성이 그에게만 드러낸 기도는 감히 그가 비벼 볼

만한 수준이 아니었다.

거기다 그를 제압했던 인물에 대해서도 현우는 사제들과 사매들에게 들을 수 있었다.

'그가 옥만개였다니.'

묵묵히 사형제들을 뒤따르며 현우가 고개를 살짝 저었다.

그러자 옆에서 감시하듯 나란히 걷던 현중이 이상한 눈으로 쳐다보는 게 느껴졌지만 현우는 무시했다.

딱히 자신이 잘못한 게 없어서였다.

대신 속으로 한숨을 내쉬었다.

'거지답지 않게 잘생긴 외모를 보고 떠올렸어야 했는데…….'

후회막심했지만 이미 엎질러진 물이었다.

또한 어제의 그 역시 본인이었다.

다만 문제는 자신감이 과해 천둥벌거숭이처럼 날뛰었다는 것일 뿐.

어쭙잖은 실력으로 나댔다는 걸 느꼈기에 현우는 너무나 부끄러웠다.

"한 번 더 말하는데, 행동거지를 조심해. 무언가를 하려고 하면 꼭 한 번 더 생각하고. 아니다, 나에게 물어봐. 네가 괜찮다고 생각하는 것들이 다른 사람들에게는 전혀 괜찮지 않을 수도 있으니."

"알겠습니다."

"흐음. 순순히 대답하니까 더 불안하단 말이지."

현중이 불안한 표정을 지었다.

사고뭉치인 현우가 고분고분하니 이건 또 이것 나름대로 불안했다.

사람은 쉽게 변하지 않았고, 안 하던 짓을 하면 무조건 사고가 터지기 마련이었다.

그래서 현중은 불안해졌다.

"사형이 지켜보고 계실 거 아닙니까. 사제들과, 사매들도 있고요."

"네가 퍽이나 애들 말을 듣겠다."

"대신 주시하는 시선은 계속 있겠죠."

"그게 걱정이다, 그게! 네놈은 그걸 알면서도 어제 개판을 쳤으니까."

"······하고 싶어도 이제는 못 칩니다, 사고. 격차를 알았거든요."

현우가 주눅이 잔뜩 든 표정으로 말했다.

실력차가 너무나 현격했기에 현우는 덤빌 엄두가 나지 않았다.

엇비슷한 수준이었다면 다시 덤벼들기라도 할 텐데 유하성과의 격차는 그 정도가 아니었다.

까마득하다 못해 아득한 정도였기에 현우는 스스로 생각하기에 이 정도면 할 만하겠다 싶은 정도가 되기 전까지는 무모한 짓을 하지 않기로 다짐했다.

"근데 대체 무슨 일이 있었던 거야? 뭔 짓을 했기에 네가 그렇게 무너진 거야?"

"그냥 기도를 드러냈을 뿐입니다."

"정말로? 단순히 기도를 드러냈는데 네가 그렇게 압박감을 받았다고? 그것도 너만?"

"예."

"이 소협에게 당해서 심적으로 몰려 있던 건 아니고?"

여기저기에서 귀를 쫑긋거렸다.

다들 각자 다른 곳을 보고 있었지만 귀는 현중과 현우의 대화에 집중하고 있었다.

"그랬을 수도 있습니다. 하지만 아니더라도 결과는 비슷했을 겁니다."

"흐음. 그 정도란 말이지? 유 공자가?"

"예."

"하긴. 그 정도는 되어야 패왕이라는 칭호를 얻을 수 있겠지."

현중이 진심으로 부러운 표정을 지었다.

명성에는 크게 욕심이 없는 그이지만 왕의 칭호는 달랐다.

심지어 유하성의 나이는 그와 비교해도 크게 차이가 나지 않았다.

이미 세간에서는 공석이 된 천하십대고수의 자리에 유하

무당
패왕

성을 넣어야 한다는 말도 있었다.

까가가강!

이런저런 대화를 하는 사이 어느새 연구동에 도착했다.

그리고 화산파의 제자들은 볼 수 있었다.

격렬하게 대련을 하는 검룡과 비룡, 현룡의 모습을 말이다.

게다가 수련은 그들만 하는 게 아니었다.

"하압!"

"찹!"

꼬마 아이들도 연무장 한쪽에 모여서 체력단련을 했다.

익숙하다는 듯이 서로 도와주면서 말이다.

화산파에서는 볼 수 없는 광경에 현광은 물론이고 다른 매화검수들도 눈을 빛냈다.

여기도 무당파인데 분위기가 다른 곳과는 사뭇 달라서였다.

"오셨습니까."

"좋은 아침입니다."

그런 그들을 향해 이춘상이 다가왔다.

묘하게 건들거리는 걸음걸이로 말이다.

그러면서 이춘상은 후미에 있는 현우를 대놓고 쳐다봤다.

"어제는 죄송했습니다."

"흐음?"

이춘상의 눈꼬리가 살짝 올라갔다.

어제와는 전혀 다른 태도에 적응이 되지 않아서였다.

그러나 섣불리 사과를 받아들이진 않았다.

대신 냉정한 눈으로 현우를 주시했다.

"어제는 제가 무례했었습니다. 사과드리겠습니다."

"뭐야? 진심이야?"

"그렇습니다."

무례한 이에게 지킬 예의는 없는 이춘상이었다.

그렇기에 대놓고 반말을 했는데 현우의 얼굴에는 기분 나쁜 기색이 없었다.

나이로 보나 배분으로 보나 그보다 이춘상이 높아서였다.

게다가 잘못을 저지른 건 그였기에 현우는 다시 한번 고개를 숙였다.

"너무 다르니까 적응이 안 되는데?"

이춘상이 고개를 갸웃거렸다.

아무리 봐도 어제와는 너무나 상반되어서였다.

"그러게."

"죄송합니다, 유하성 공자."

어느새 이춘상의 옆으로 다가온 유하성의 모습에 현우가 재차 고개를 숙였다.

어제와는 달리 정중하게 먼저 사과했던 것이다.

그 모습에 유하성 역시 애매모호한 표정을 지었다.

극과 극의 모습에 그 역시 마찬가지로 적응이 되지 않아서였다.

"사람이 일관성이 없네. 그렇다고 사과까지 한 마당에 하대하기도 그렇고."

"편하게 하셔도 됩니다."

"흐음. 일단 지켜볼 거외다. 사람이라는 게 쉽게 안 바뀌거든. 그러니 긴장하는 게 좋을 거요."

이춘상이 건들거리며 말했다.

은근히 속을 긁었던 것이다.

하지만 이춘상의 그런 도발에도 현우는 어색하기는 하지만 미소를 지었다.

"알겠습니다. 조심하겠습니다."

"흐음."

자존심을 건드렸음에도 불구하고 반응을 보이지 않는 현우의 모습에 이춘상이 두 눈을 게슴츠레하게 떴다.

일단은 넘어가겠으나 끝까지 지켜보겠다는 모습이었다.

"우와……."

"소화와 백화다."

그때 매화검수들 사이에서 탄성이 터져 나왔다.

본능적으로 남궁희수와 서문예지의 미모에 감탄이 흘러나온 것이었다.

그런 사형제들의 모습에 현송을 비롯해서 현소와 현하의

눈살이 찌푸려졌다.

"오오!"

그런데 탄성을 터뜨린 건 현중도 마찬가지였다.

현우의 옆에 서 있던 그는 남궁희수와 서문예지, 제갈령령과 황주연이 동시에 다가오자 눈을 빛냈다.

마치 주변을 밝게 비추는 듯한 화려한 미모에 홀라당 넘어간 듯 눈을 떼지 못했다.

꿀꺽! 꿀꺽!

몇몇은 아예 대놓고 마른침을 삼켰다.

네 여인의 미모에 현중과 마찬가지로 정신을 차리지 못하는 것이었다.

그리고 그건 현송과 현소, 현하도 마찬가지였다.

사형제들이 한심하다고 생각하기에는 네 여인의 미모가 너무나 대단했다.

"하아……."

"……자괴감이 드네."

"우리는 무인이잖아. 괜찮아."

좌절하는 현송, 현하와 달리 현소는 의외로 당차게 말했다.

그녀는 단순히 여인이 아니었다.

화산파의 제자이며 당대 매화검수의 일인이었다.

그러니 꼭 외모로만 비교를 할 필요도, 이유도 없었다.

"솔직해지자. 그건 정신승리잖아."

"현하야……."

"인정할 건 인정해야지."

현하가 씁쓸한 표정을 지었다.

화산파의 제자로서 자긍심이 없는 건 아니었다.

스물네 명만이 될 수 있다는 매화검수가 된 건 분명 대단한 일이었다.

그러나 매화검수이기 이전에 현하도 여자였다.

"근데 소문이 사실이었나 보네. 나는 우연의 일치라고 생각했는데."

"그니까. 백화와 소화에 이어 제갈세가와 금와장이라니."

현송의 말에 현소도 살짝 놀란 표정을 지었다.

사실 그녀도 과장된 소문이라고 생각했다.

아무리 유하성이 대단하다고 하지만 그래도 남궁세가와 제갈세가의 금지옥엽이었다.

황주연의 경우 금와장주가 무척 아끼는 딸이었고 말이다.

거기다 서문예지 역시 남궁세가와 제갈세가에 밀려서 그렇지 서문세가 역시 무림 명문세가였다.

그런데 한 명도 아니고 무려 네 명이나 유하성의 마음을 얻기 위해 무당산에 올랐다고 하자 의심이 들 수밖에 없었다.

"추문은 아니지만 향후의 일을 생각하면 절대 섣불리 할 수 없는 선택인데."

"내 말이. 잘되면 다행이지만, 안 되면?"

"완전 쪽팔리는 거지. 그래도 명문세가의 여식들이니 시집은 잘 가겠지만."

세 여인이 속닥거렸다.

그러나 안타깝게도 그녀들의 대화는 사형제들에게 다 들렸다.

전음이 아니었기에 아무리 작게 말한다고 한들 고수의 청각을 피할 수는 없었다.

"실례가 안 된다면 안내를 부탁드려도 되겠습니까?"

"딱히 구경할 거리가 있지는 않습니다만."

"그래도 한번 보고 싶습니다. 아이들에 대해서도 물어보고 싶은 게 있고요."

현광이 시기적절하게 입을 열었다.

사매들을 위해 분위기를 환기시켰던 것이다.

개인적으로 궁금하기도 했고 말이다.

"알겠습니다."

현광의 정중한 부탁에 유하성은 고개를 주억거렸다.

무당파는 몇 번 왔을지 몰라도 연구동은 처음이었기에 궁금해할 수도 있다고 생각해서였다.

"감사합니다."

"근데 정말 별거 없습니다. 여기서 보이는 게 다라고 보셔도 됩니다."

앞장서서 걸어가던 유하성이 조금은 곤혹스러운 표정을 지었다.

현광을 비롯해서 매화검수들이 너무 크게 기대하는 것 같아서였다.

정말 보이는 것이 다였지만 그래도 안내를 부탁했기에 유하성은 어쩔 수 없다는 듯이 입을 열었다.

"아이들에게도 무공을 가르치시나요?"

그때 현송이 궁금증을 참지 못하고 물었다.

다른 사형제들이 검룡과 현룡, 비룡의 대련에 집중하는 것과 달리 그녀는 연무장 한쪽에서 놀이하듯이 체력단련 하는 아이들을 주시하고 있었다.

"원하는 아이들에게는 가르쳐 주고 있습니다. 무당파의 무공은 아니고 널리 알려진 기본공을 가르치고 있습니다."

"강요하진 않는다는 말씀이시죠?"

"예."

"그런데 그게 좋은 일일까요? 제대로 익히지 않을 거면 차라리 아예 시작도 하지 않는 게 낫다고 생각하는데요."

현송은 어제부터 고민했던 것을 물었다.

무인이 되고자 한다면 당연히 무공에 입문하는 게 맞았다.

하지만 평범한 삶을 살아갈 생각이라면 시작하지 않는 게 나았다.

어중간하게 익혀서 비명횡사하는 경우는 무림에 비일비재
했다.

"처음부터 가르치지는 않습니다. 처음에는 운기토납법과
간단한 체조만 가르쳤습니다. 그런데 번천회의 일을 겪어서
그런지 다들 무공에 대한 열의가 상당하더라고요. 누구를 상
하게 하기 위해 무공을 배우려는 게 아니라 스스로와 친구,
가족을 지키기 위해 익히는 것입니다."

"아!"

현송의 동공이 흔들렸다.

너무 자신이 무인의 입장으로만, 화산파의 제자로만 생각
한 것 같아서였다.

아이들의 입장에서는 수준 낮은 기본공이 동아줄이 될 수
도 있었다.

게다가 다들 한번 잃은 경험이 있기에 더더욱 그 무엇도
잃기 싫어할 터였다.

"그렇다고 해서 무공만 가르치는 건 아닙니다. 아이들이
하고 싶어 하는 것, 좋아하는 일을 찾도록 도와주고 있습
니다."

"그래서 양계장과 텃밭이 있는 거군요."

"두 곳은 꼭 그런 이유만으로 만든 건 아닙니다만."

오해하는 현송을 쳐다보며 유하성이 고개를 저었다.

애초의 목적은 식비를 조금이라도 절감하기 위해서였다.

균현에서 매일 식재료를 조달하는 것도 문제였고 말이다.

그러나 결과적으로는 아주 좋은 선택이 되었다.

"하고 싶은 일이라. 하긴 나이가 어느 정도 차면 각자의 길을 찾아야 하니까요. 성인이 된다는 건 스스로의 인생을 책임진다는 뜻이기도 하고."

현광이 슬그머니 대화에 끼어들었다.

턱을 쓰다듬으며 크게 감탄한 표정을 지었다.

무당파는 단순히 아이들을 보살피는 선에서 그치지 않았고, 현광은 그게 참으로 놀랍고 신기했다.

"저희와 다른 점이 그것이었네요. 사실 본 문의 아이들은 여기 아이들처럼 밝지가 않아요. 반 가까이가 떠나기도 했고요. 그런데 무당파는 오히려 더 늘었다고 들었어요."

"방치하는 곳들이 조금 있다고 들었습니다. 그런데 아이들을 데려온 건 제가 아니라 서문 공자입니다."

"서문세가의 소가주요?"

"예."

현송은 물론이고 현하와 현소의 시선이 한곳으로 향했다.

멀리서 곽두일과 대련을 하고 있는 서문광에게 말이다.

곽두일은 오직 피하기만 하고 서문광은 공격만 했는데 의외로 두 사람의 궁합이 잘 맞았다.

둘 다 정말 쉬지 않고 움직이는 중이었다.

"저도 그 소식은 들었습니다. 아이들의 마음을 생각한다면, 상처를 생각한다면 절대 그래서는 안 되는데…….하지만 그 전에 우선 본 문부터 바뀌어야겠지요. 지금 바로 서신을 보내야겠습니다."

사매들이 느낀 걸 현광이 느끼지 못할 리 없었다.

그렇기에 그는 말과 동시에 사제 한 명을 불렀다.

무당파의 방식을 화산파에도 접목시키기 위해서였다.

"아, 그 전에 여쭈어본다는 걸 깜빡했군요. 모방을 해도 되겠습니까?"

"얼마든지요. 아이들을 위한 일이지 않습니까."

"감사합니다."

조심스럽게 묻는 현광에게 유하성은 너그러운 미소를 지으며 대답했다.

무공의 비기도 아닌데 따라 한다고 해서 문제가 될 건 없어서였다.

게다가 아이들을 위한 일이니만큼 오히려 현광 쪽에서 나서 주면 그로서는 좋았다.

"안녕하세요."

"처음 뵙겠습니다."

현광이 사제 한 명을 불러 지시를 내릴 때 네 명의 여인이 다가왔다.

바로 제갈령령을 위시로 황주연과 남궁희수, 서문예지가 이쪽으로 온 것이었다.

무당
패왕

그녀들의 등장에 남자들이 헤벌쭉 웃었다.

미인들이 웃으며 먼저 인사하자 다들 녹아내린 것이었다.

"저저!"

"흥!"

얼굴에 훤히 드러나는 환희에 현송과 현하, 현소가 혀를 찼다.

그러나 그녀들의 목소리는 남자들에게 들리지 않았다.

모든 신경이 네 여인들에게 향해 있어서였다.

세 사람의 미모도 부족한 건 아니지만 아무래도 익숙한 것과 익숙하지 않은 것의 차이는 있을 수밖에 없었다.

"처음 뵙겠습니다. 화산의 현광이라고 합니다."

"장문인의 대제자시죠? 말씀은 많이 들었습니다."

"그렇습니까."

초면임에도 제갈령령은 웃으며 현광과 인사를 나누었다.

명문세가의 여식으로서 이런 자리는 익숙해서였다.

그런데 의외인 건 현광이었다.

갑작스러운 네 여인의 등장에도 그는 의외로 침착하게 응대했다.

"안녕하십니까! 화산파의 현우라고 합니다!"

"아, 네."

차례대로 인사를 나누던 제갈령령의 표정이 싸늘해졌다.

거의 정색이나 다름없는 그녀의 표정에 현우는 바짝 굳었다.

갑자기 왜 이러나 싶어서였다.

하지만 제갈령령은 설명 대신 몸을 돌렸다.

스윽. 슥!

그리고 그건 황주연, 남궁희수, 서문예지 역시 마찬가지였다.

현우에게는 일절 시선도 주지 않고서 유하성의 옆으로 돌아갔다.

"아무래도 미운털이 단단히 박힌 모양인데?"

"……."

누가 봐도 싫어하는 티가 역력한 모습에 옆에 있던 현중이 피식 웃었다.

왜 저러는지 현중은 짐작이 가서였다.

더불어 현우가 어째서 실망하는지도.

무당파와 달리 화산파는 진산제자도 혼인을 할 수 있었기에 네 미녀의 등장에 현우는 아주 조금 기대했을 터였다.

"정 포기가 안 되면 다시 도전해 봐. 혹시 알아? 유하성 공자를 쓰러뜨리면 네 여인이 다 너에게 관심을 보일지."

"……차라리 비웃으시죠, 사형."

"크크크!"

"그리고 무모한 짓은 더 이상 안 합니다."

현우가 무거운 어조로 말했다.

武當霸王
무당
패왕

할 만하다는 생각이 들기 전까지 그는 유하성에게 도전하지 않을 생각이었다.

이번 기회에 자신과 자만의 차이를 알았기에 승산이 있다고 생각하기 전까지는 죽어라 수련만 할 생각이었다.

그런데 그 둘의 대화를 제갈령령이 유심히 듣고 있었다.

"유 공자님."

"말씀하시죠."

"실례가 안 된다면 저희도 함께 어울릴 수 있을까요?"

"비무 말씀이십니까?"

"예."

현광이 정중한 어조로 물었다.

사실 그가 무당파에 온 이유가 바로 이것이었다.

원래는 그 혼자서 올 생각이었는데 사부이자 장문인인 화산무제는 매화검수 전체를 보냈다.

직접 겪고, 부딪쳐 보라는 의미에서였다.

"서로의 뜻만 맞는다면 얼마든지 가능하지 않겠습니까."

"허락하시는 건지요?"

"제가 허락할 문제가 아닌 것 같습니다. 아, 한 가지 부탁드리고 싶은 건 있습니다. 주변이 너무 망가지지 않게만 해주셨으면 좋겠습니다."

"그건 당연한 것이라고 생각합니다."

현광이 빙그레 웃었다.

이곳은 엄연히 무당파의 영역이었다.

반대로 화산파에서 다른 문파의 무인들이 난장판을 만든 다면 그의 기분 역시 썩 좋지 않을 터였다.

그렇기에 현광은 가급적이면 연무장이나 주위를 훼손시키지 않을 생각이었다.

"그럼 유 공자께 비무를 신청해도 된다는 말씀이신가요?"

여인들을 경계하던 현송이 어느새 현광의 곁으로 다가와 물었다.

유하성의 말을 해석해 보면 그녀도 가능할 것 같아서였다.

"신청하는 건 자유지만 그게 꼭 비무로 이어지지는 않겠죠?"

"아……."

현송이 대놓고 아쉬운 표정을 지었다.

설마 하면서도 한 가닥 기대를 하고 있었는데 역시나였다.

하지만 포기하지는 않았다.

칠전팔기라는 말처럼 도전하다 보면 기회가 생길지도 몰랐다.

"우선은 저부터 넘으시죠, 소저."

"예?"

씨익 웃으며 말하는 이춘상의 모습에 현송이 당혹스러운 표정을 지었다.

그녀는 매화검수의 일인이지만 이춘상은 자신이 없었다.

화산파의 사고뭉치이자 골칫덩이인 게 현우이지만 실력만
큼은 확실했다.

괜히 오만한 성미를 가진 게 아닐 정도로 말이다.

그러나 그 현우를 어린애 다루듯 농락한 게 바로 앞에 있
는 이춘상이었다.

때문에 현송은 솔직히 자신이 없었다.

"가르침을 얻는 게 목적이라면 이 소협과의 대련도 정말
큰 기회라고 생각하는데."

주저하는 현송의 귓가로 현광의 목소리가 들렸다.

어떻게 보면 유하성보다 이춘상이 더 나을 수도 있다고 생
각해서였다.

"어, 음. 그러니까……."

다만 문제는 현송이 이춘상은 크게 생각하지 않고 있다는
점이었다.

이춘상 역시 번천회와의 전쟁에서 눈부신 활약을 한 무인
이지만 아무래도 유하성에 비하면 무게감이 떨어지는 게 사
실이었다.

일단 비무를 하는 게 꺼림칙하기도 했고 말이다.

'잘생기긴 했지만, 더러워.'

객관적으로 봤을 때 이춘상은 충분히 미남이라 부르기에
모자람이 없는 외모를 가지고 있었다.

오죽 잘생겼으면 거지임에도 별호에 옥(玉) 자가 들어갈

까.

다만 위생적인 부분을 끔찍하게 챙기는 현송에게 있어 이춘상은 상극의 존재였다.

현송 역시 잘생긴 남자를 좋아했지만 그보다 더 중요한 건 바로 청결함이었다.

"저는요? 저는 괜찮으신가요?"

"저도 한 수 가르침을 받고 싶어요!"

반면에 현소와 현하는 두 눈을 반짝거렸다.

애초에 두 사람은 유하성은 기대도 하지 않았다.

유하성의 까칠한 성격은 이미 세간에 잘 알려져서였다.

아무리 청해도 본인의 마음이 생기지 않으면 비무를 받아 주지 않는 게 유하성이었다.

"얼마든지 가능합니다. 근데 의외네요. 보통은 하성이에게 부탁하는데."

"안 받아 주실 걸 알거든요."

"그래도 해 주신다면, 감사히 받겠습니다!"

친절하지만 묘하게 떨떠름한 표정을 짓는 이춘상을 향해 현소와 현하가 동시에 대답했다.

그러고는 초롱초롱한 눈으로 유하성을 바라봤다.

받아만 준다면 당장이라도 대련을 하겠다는 듯이 말이다.

그러나 혹시나 하는 기대감은 이내 눈 녹듯이 사라졌다.

"죄송합니다."

"아."

"역시."

한데 둘은 의외로 실망하지 않았다.

충분히 예상하고 있었기에 실망감이 덜했다고나 할까.

게다가 당장 내일 무당산을 떠날 것도 아니기에 기회는 있다고 생각했다.

까칠하고 냉철하지만 의외로 정이 많다고 알려진 게 유하성이었다.

"저는 안 되지만 사질들은 가능할 것 같습니다만."

"저희는 언제라도 준비되어 있습니다."

조용히 투지를 불태우는 원호와 원상을 보고서 유하성이 운을 뗐다.

그러자 현광이 기다렸다는 듯이 받았다.

유하성만큼은 아니지만 그래도 두 사람은 무당파의 일대 제자들이었다.

더욱이 대제자인 원일과 같이 있는 만큼 매화검수들의 상대로 나쁘지 않았다.

"원경아."

"예, 사숙!"

"너도 준비해."

"저, 저도요?"

현광이 누가 나설 것인지를 의논할 때 유하성은 멀찍이 떨어져 있던 원경을 불렀다.

그 역시 엄연히 일대제자인 만큼 자격은 충분하다고 생각해서였다.

그리고 연구동을 찾은 제자들 중에서 가장 큰 성장세를 보인 게 바로 원경이었다.

"넌 일대제자 아냐?"

"맞습니다!"

"아니면 자신 없어?"

"없지는 않습니다만, 그렇다고 확 있는 것도 아니라서요."

"다 경험이야. 해."

쭈뼛쭈뼛 다가오는 원경을 향해 유하성이 피식 웃으며 말했다.

비무라는 게 꼭 이겨야지만 좋은 건 아니었다.

오히려 패배했을 때 배우는 게 훨씬 많았다.

물론 좌절감을 이겨 내기가 쉽지는 않겠지만 고수가 되려면 그 정도쯤은 가볍게 털어 내야 했다.

"알겠습니다. 절대 실망시키지 않겠습니다."

"이미 충분히 잘하고 있으니까 하던 대로만 해, 하던 대로만. 그걸로 충분해."

"예."

원경이 결연한 표정을 지었다.

어떻게 보면 무당파의 대표로 나서는 것이나 마찬가지였다.

거기다 유하성이 직접 콕 짚었기에 원경은 엄청난 부담감을 느꼈지만 그래도 지레 포기하지는 않았다.

유하성의 말대로 할 수 있는 건 다 해 볼 생각이었다.

"좋아. 바로 그 마음가짐이야."

"지면 어때? 어차피 우리에게는 사숙이 있는데."

"맞아. 우리는 져도 돼. 어차피 결과적으로는 다 이기니까."

원경의 곁으로 원호와 원상이 다가왔다.

그런데 두 사람의 말에 원경은 묘하게도 긴장이 풀렸다.

농담 같은 말인데 사실이기도 했다.

그가 지더라도 뒤에는 유하성이 있었다.

'내가 뭐라고 명예가 실추돼? 걱정할 거 없어.'

원경은 마음이 편안해졌다.

무당파 대표라는 생각을 떨쳐 내자 부담감 역시 감쪽같이 사라졌던 것이다.

그가 일대제자이기는 하나 여기 있는 누구도 그에게 큰 기대를 하지 않았다.

스스로도 마찬가지였고 말이다.

'난 사숙님 말씀대로 내가 할 수 있는 것만 하면 돼. 뒤는 사숙님께 맡기고.'

한결 가벼워진 마음으로 원경은 매화검수들을 응시했다.

갑작스러운 비무였으나 당황하는 사람은 없었다.

화산파의 매화검수들이 찾아왔을 때부터 다들 이렇게 될 거라 예상해서였다.

무인과 무인이 만났는데 할 일이라고는 뻔했다.

더욱이 무당산으로 오면서 무당파에 대한 세인들의 찬양과 칭송을 심심찮게 들었었기에 화산파 제자들의 의욕은 그 어느 때보다 높은 상태였다.

꽈앙!

"……제가 졌습니다."

"수고하셨습니다."

원경과 원상은 비무에서 패배했지만 원호는 이겼다.

가까스로 체면치레를 했던 것이다.

하지만 패배한 원상과 원호의 표정은 딱히 나쁘지 않았다.

막판에 원호가 이기기도 했을뿐더러 그들의 뒤에는 정신적 지주라 할 수 있는 유하성이 있었다.

"저희들도 참여해도 됩니까?"

"물론입니다. 오히려 청하고 싶었습니다."

원호의 비무가 마무리되었을 때 남궁준과 제갈성, 원일,

서문광이 다가왔다.

매화검수들과의 비무에 그들도 관심을 보였던 것이다.

마지막으로 백현승과 곽두일, 황주성과 이소향도 각자 자리를 잡았다.

"저는 현광 도장께 비무를 요청하고 싶습니다."

그중 남궁준은 현광을 콕 짚어 도전했다.

현광과는 아무래도 얽히고설킨 게 있어서였다.

무림에서 회자는 많이 되었지만 현광이 늘 폐관수련만 했기에 이렇게 직접 대면하는 건 처음이었다.

그래서 남궁준은 이 기회를 놓치지 않았다.

"좋습니다."

그리고 현광 역시 남궁준의 도전을 피하지 않았다.

차기 남궁세가의 주인이자 구룡 중 수좌로 손꼽혔던 무인이 바로 남궁준이었다.

그렇기에 현광도 궁금했다.

남궁준이 어느 정도일지 말이다.

"그럼 바로 시작할까요?"

"그러죠."

서로의 뜻이 맞았기에 비무는 곧바로 이어졌다.

더불어 모두의 시선이 집중되었다.

아무래도 남궁준과 현광의 대결이었기에 관심도가 다를 수밖에 없었다.

각자 남궁세가의 후계자, 화산파 장문인의 대제자였으니까.

카카카캉!

생사결이 아닌 대련이니만큼 내공 사용을 자제한다고 하나 그렇다고 두 사람의 검술 수준이 어디로 간 건 아니었다.

흔한 검기조차 사용하지 않았음에도 날카로운 예기와 검풍이 삽시간에 사방을 잠식하며 휘몰아쳤다.

두 사람이 흩뿌리는 기세가 순식간에 좌중을 압도했던 것이다.

"우와!"

그 광경에 이소향이 눈을 빛냈다.

다른 사람들의 비무도 대단했었다.

현재 이소향의 수준으로는 제대로 보기도 힘들 만큼.

그러나 남궁준과 현광의 대결은 말 그대로 격이 달랐다.

"이리 올래?"

"네에."

맹렬하게 휘몰아치는 검풍의 대부분은 서로 충돌해서 상쇄되었다.

하지만 그렇지 않은 검풍들도 있었다.

거리가 제법 있는 만큼 아무래도 위력이 약해졌다고 하나 그래도 이소향에게는 위험했다.

그래서 유하성은 팔을 벌렸는데 이소향이 기다렸다는 듯이 냉큼 안겼다.

"이제는 안 튕기네?"

"사부님께서 위험하다고 생각하시는 것 같아서요."

"후후후."

거부할 때와 받아들일 때를 안다는 듯이 말하는 이소향의 모습에 유하성이 인자하게 웃으며 이소향의 머리를 쓰다듬었다.

늘 그렇듯이 왼팔을 의자로 만들어 편하게 안길 수 있게 만들어 주자 이소향이 환하게 웃었다.

"감사합니다."

"이제는 그만 말할 때도 되지 않았니?"

"그래도 감사한 건 사실인걸요."

치열하게 검의 대화를 나누는 현광, 남궁준과 달리 이곳에는 따뜻한 훈풍이 불었다.

마치 두 사람만 다른 세계에 있는 것처럼 말이다.

그 정도로 주변의 모든 사람들이 두 눈에 불을 켜고 남궁준과 현광의 대결을 주시하고 있었다.

비록 직접 겨루는 것만큼은 아니지만 다른 사람의 대련을 보는 것도 은근히 도움이 되었다.

"근데 이것도 얼마 안 남았어. 우리 소향이가 숙녀가 되면 지금처럼 안아 줄 수가 없지."

"아, 아직 멀었는걸요."

숙녀라는 단어에 이소향의 얼굴이 새빨개졌다.

부끄럽기도 하고 한편으로는 그때가 안 오기를 바라는 마음도 있어서였다.

"쑥쑥 잘 자라니 얼마 안 걸릴 거 같은데. 열 살 안팎일 때는 남자아이보다 여자아이의 성장이 더 빠르니까. 어쩌면 소향이가 싫어할 수도 있고."

"전 안 싫어할 거예요!"

"하하. 기억해 둬야겠다."

알콩달콩한 두 사람의 모습에 힐끔거리던 제갈령령과 황주연, 서문예지가 부드러운 미소를 지었다.

언제 봐도 참으로 사이좋은 사제지간 같아서였다.

"정말이에요. 저는 사부님이 세상에서 제일 좋은걸요."

"고맙구나."

"참, 사부님께서는 누가 이길 것 같아요?"

이소향의 시선이 남궁준과 현광에게로 향했다.

겉으로 보기에는 용호상박, 막상막하의 대결이었다.

그래서 이소향은 내심 남궁준의 승리를 바랐다.

아무래도 현광보다는 남궁준과 함께한 시간이 길어서였다.

"소향이가 보기에는 누가 이길 것 같아?"

"우웅."

하지만 유하성은 대답 대신 되레 이소향의 생각을 물었다.

몇몇 사람들은 생각한다.

결국 무공은 몸으로 펼치는 것이고, 몸만 잘 쓰면 된다고 말이다.

그러나 그건 틀린 생각이었다.

육신이 중요한 건 맞지만 전부는 절대 아니었다.

오히려 육체 못지않게 중요한 게 머리, 지능이었다.

'문무겸전까지는 아니더라도 생각하는 습관은 반드시 필요해.'

단순히 육체적인 재능만이 중요했다면 지금의 유하성은 없었다.

수없이 실패하고, 그 실패를 곱씹으며 타개할 방법을 찾으며 완성한 게 면장과 십단금이었다.

그리고 그 덕분에 지금의 유하성이 있을 수 있었고 말이다.

"편하게 생각하렴. 그냥 네 생각을 말하면 돼. 물론 아무렇게나 내뱉어도 안 되지만. 틀려도 괜찮아. 예측은 모두에게도 어려운 거니까. 근데 그게 쌓이고 쌓이면 나중에는 정말 큰 힘이 된단다."

"솔직히 잘 모르겠어요. 제가 가늠할 수 없는 분들이기도 하고. 그런데 제가 보기에는 아직 우열을 가리기 힘들어 보여요."

"잘 봤네."

"정말요?"

조심스럽게 자신의 의견을 꺼낸 이소향이 눈을 반짝거렸다.

유하성의 칭찬에 기분이 좋아진 것이었다.

"응. 지금은 제대로 보기 힘든 게 사실이기도 하고. 그래도 유심히 보고 스스로 판단을 내렸잖아? 어정쩡하게 이러지도, 저러지도 못하는 것보다는 훨씬 나아. 일단 결정을 내렸다는 뜻이니까."

"헤헤헤."

"물론 결과는 조금 다르겠지만. 소향이의 눈에는 둘 다 비등해 보이겠지만 실상은 조금 다르단다. 이럴 때 표정을 보는 것도 한 가지 방법이야. 한 명은 여유가 없고, 한 명은 여유가 있지."

이소향이 눈에 힘을 주었다.

단전에 공력은 있지만 아직 안력에 집중할 정도의 수준은 아니었다.

그래서 이소향은 눈꺼풀이 파르르 떨릴 정도로 힘을 주며 두 사람의 대결을 노려봤다.

"정말 사부님 말씀대로예요. 두 분의 표정이 완전 달라요."

"으음!"

이소향의 말에 조금 떨어져 있던 남궁희수가 침음을 흘렸다.

거리가 가깝다 보니 유하성과 이소향의 대화를 들을 수 있었고, 그 결과 누가 밀리고 있는지 확실하게 알게 되었다.

누가 보더라도 오빠인 남궁준이 열세라는 사실을 말이다.

까아앙!

잠시 후 묵직한 충돌음과 함께 남궁준이 휘청거리며 뒤로 물러났다.

첨예한 대결 끝에 결국 그가 패배한 것이었다.

그 모습에 남궁희수는 물론이고 지켜보던 몇몇 사람들이 장탄식을 터뜨렸다.

비록 졌지만 감탄이 나올 정도로 잘 싸웠기에 다들 박수를 쳐 주었다.

짝짝짝!

그리고 그건 화산파의 제자들도 마찬가지였다.

하지만 모두의 응원에도 남궁준의 표정은 썩 좋지 않았다.

"……졌습니다."

"수고하셨습니다."

남궁준은 깔끔하게 결과에 승복했다.

스스로 인정할 수밖에 없는 패배였기에 남궁준은 씁쓸한 표정을 지으며 납검했다.

그런데 마무리 인사를 나눈 현광은 검을 집어넣지 않았

다.

대신 이춘상을 바라봤다.

"괜찮으시다면 이 소협과도 무의 대화를 나눠 보고 싶습니다."

다음 권으로 이어집니다

빌런 경찰 이진우

이해날 현대 판타지 장편소설

『어게인 마이 라이프』작가 이해날의
뒷목 잡는 특제 막장 복수극이 펼쳐진다!
『빌런 경찰 이진우』

인수합병을 통해 굴지의 대기업 진백을 세운 백동하
임종의 순간, 믿었던 가족과 친구에게 배신당하고
과거와 미래를 보는 능력을 가진 경찰 이진우로 깨어나다!

배신자들에게 지옥을 보여 주기로 결심한 진우는
특별한 능력과 기업사냥꾼으로서의 지식을 활용해
경찰로서 진백을 공략하기 시작하는데……!

전직 회장이 보여 주는 기업사냥의 진수!
상상을 뛰어넘는 대기업 흔들기가 시작된다!

꿈의 도약, 로크에서 하십시오
(주)로크미디어에서 신인 작가를 모십니다

즐거운 세상, 로크미디어는 꿈을 사랑하고 도전을 두려워하지 않는 작가 분들의 참신한 작품을 기다리고 있습니다. 21세기 장르 문학계를 이끌어 갈 차세대 선두 주자 (주)로크미디어에서 여러분의 나래를 활짝 펴 보시길 바랍니다.

모집 분야 판타지와 무협을 포함한 장르 문학
모집 대상 아마추어 작가, 인터넷 작가
모집 기한 수시 모집

작품 접수 시 유의 사항

1. 파일명은 작가명_작품명.hwp형식을 갖춰 주십시오.
1. 파일에 들어갈 내용은 다음과 같습니다.
   - 성명(필명인 경우 실명을 밝혀 주세요), 연락처, 이메일 주소
   - 제목, 기획 의도
   - A4용지 1장 분량의 등장인물 소개
   - A4용지 2장 분량의 전체 줄거리
   - 본문
1. 작품이 인터넷에 연재되고 있다면, 게시판명과 사이트의 구체적이고 정확한 주소를 기재해 주십시오.

선택된 작품은 정식 계약 후 출판물로 간행되어 전국 서점에 유통됩니다.
작가 분은 (주)로크미디어의 전폭적인 지원하에 전속 작가로 활동하시게 됩니다.
※ 자세한 내용은 로크미디어 홈페이지(rokmedia.com)를 참조하세요.

(04167)서울시 마포구 마포대로 45 일진빌딩 6층
(주)로크미디어 편집부 신간 기획 담당자 앞
전화 : 02) 3273 - 5135
www.rokmedia.com   이메일 : rokmedia@empas.com